U0068943

現代貿易日文

（增補版）

劉 國 樵 編著

鴻儒堂出版社發行

序　言

　　本書是爲具有基礎的大專院校日語主修或選修生以及現代中日貿易界的工作者而編寫的。

　　我們知道，所謂國際貿易上所用的語文，多半是以英文來交往連絡。不過，若能用對方國家的語文相互來往，似乎會倍感親切，瞭解較深，而更能增加友誼和促進合作。

　　對日貿易所用的語文，可以說已較以往標準化・簡單化。其書信旣具有一定的標準型式（第 1 章）和標準的慣用語句（第 2 章）。上述兩章，如能完全理解・體會，相信學習者對書寫一份優良的貿易書信，必定可產生不少的信心。故只要依本書的目次次序，逐步學會就會逐漸發生濃厚的學習興趣。

　　筆者在商專對高年級學生任教「貿易或商用日文」已有多年。而最近，由從事對日貿易已久的山一企業股份有限公司董事長吳連慶先生，取得了寶貴的最近三年間，對日貿易實際來往書信之後，着手編寫了此書。

　　本書的重要特色以及用法，可舉出下列幾點：

1　說明簡單扼要，多採表解・舉例等方法。

2　貿易文例（第 4 章）共有 100 篇，應有盡有，均依實際來往書信作成，是本書的骨幹亦即重要部份。筆者不厭其煩的詳加「註釋」。

3　第 4 章「註釋」中的漢字注音，「音讀」用片假名表記，「訓讀」用平假名表記。一方面給學習者識別片假名；二方面表示「音

讀」本身近似中國語音。（但，該章文例及其他各章的漢字，爲整齊起見，一律用平假名注音。）

4. 有關商用電報，專闢第3章詳述，並以文例41至46，再三舉例，深信學習者必獲益非淺。

5. 貿易日文的敬語使用似乎也有過份之處，故筆者在第4章文例中，如何使用的適切而免濫用敬語以易於學習；並專闢第6章及付錄1詳述其用法。

6. 附載「貿易文例的種類別‧目次」以便於查閱。

總而言之，本書業已具備有對日貿易書信的專業書籍的內容，故命名爲「現代貿易日文」。

若能滿足各位讀者的實際需要，則筆者編寫本書的目的已達成，幸甚之至矣。

惟編纂匆促，或有謬誤簡陋之處，尙祈斯界先哲諸賢不吝賜教。

最後，感謝日本明星大學人文學部福永安祥教授的不斷的鼓勵，山一企業股份有限公司董事長吳連慶先生的寶貴的資料提供，鴻儒堂出版社黃成業先生的極力支持，拙著方得以順利出版。

至於原稿，蒙商學士劉世峰（筆者次子）的協助；成書過程中，多方偏勞龍一美和陳怡廷和湯麗玉三位同學，在此一併道謝。

1982年12月　　　　劉　國　樵

再版序言

　　本書自從出版以來，承蒙各大學日文系採作教材，以及中日貿易界工作人員的支持愛用，致使本書再版以供需要，由衷感謝。

　　我們知道，目前中日貿易幾乎使用ＦＡＸ（傳眞機）進行交易過程，故趁此再版增編第7章ファクシミリならこう書ける（用傳眞機可這樣寫）以應讀者的實際需要。

　　ＦＡＸ與一般書信不同之要點有七，讀者由第7章實例1～6可以理解，尤其本文非常簡潔。

　　爲減少對日貿易入超，必須加強對日推銷我國產品。而『推銷方面的日語文』是一種專業性的日文，對於推銷人員而言，它的學習與運用是絕不可或缺的要件。

　　因此，著者去年秋天出版『現代推銷日文』一書作爲姊妹書，供學者參考學習。

1988年8月　　劉　國　樵

於東吳大學日文系

現 代 貿 易 日 文

目 次

序 言

再版序言

— 5 —

略　語　表

一　品詞

（名）	名詞	（自）	自動詞（＝不及物動詞）
（代）	代名詞	（他）	他動詞（＝及物動詞）
（接）	接續詞	（副）	副詞
（連体）	連體詞	（形動）	形容動詞
（接助）	接續助詞	（商品名）	商品名稱
（造語）	造語成份	（格助）	格助詞
（連語）	連語	（補動）	補助動詞
（形）	形容詞	（接尾）	接尾詞
（修助）	修飾助詞		

二　活用

（五）	五段活用	（カ）	カ行變格活用
（上一）	上一段活用	（サ）	サ行變格活用
（下一）	下一段活用	（下二）	下二段活用

三　類別

〔文〕	文章語	〔經〕	經濟
〔商〕	商業	〔法〕	法律
〔地〕	地理		

四　其他

↔　相反詞　　＝　等號　荷　荷蘭語

第1章　貿易・商業文の構成

▷**標準のスタイルと要点**◁

貿易・商業の手紙には、一定の標準スタイルがあり、正しい書き方があるから、まず下に示す標準スタイルをしっかりおぼえておく必要がある。

▷標準スタイル◁

```
                                    発信番号
                                    発信日付
        受信名………殿
                          発信名…………㊞
            件名…………について（……）
    本文
        頭語　前文………………………………………………………
        主文………………………………………………………………
        ……………………………………………………………………
        ……………………………………………………………………
        末文……………………………………………………結語
                        記
        1…………………………………………………………………
        2…………………………………………………………………
        追申………………………………………
        添付書類
                1………………………………1通
                2………………………………2部　　以上
```

第1章 貿易・商業書信之結構

▷標準型式與要項◁

貿易・商業日文書信，已具有一定的標準型式和正確的寫法，故須先牢牢記住它的標準型式，如下所示，以便應用。

▷標準型式◁

```
                              發信號碼
                              發信日期
    收信者…………先生
                         發信者…………㊞
          關於……………（……）
本文
    頭語　前文………………………………………
    主文………………………………………………
    ………………………………………………………
    ………………………………………………
    末文…………………………………………結語
                  記
    1………………………………………………………
    2………………………………………………………
    再者………………………………………………
    附件
        1………………………………1張
        2………………………………2份    以上
```

発信番号

位置は右上隅におき、手紙を作成した〝部課略号〟と一連番号を記入する。

例：営販332号

```
        └─→ 一連番号
```
```
      └──→ 営業部販売課の略号
```

発信日付

(1)発信番号の下に位置し、ほぼ同じ長さに記入する。

(2)原則として〝発信当日〟の年月日であり、手紙作成の日付ではない。

(3)年号は必ず記載する。

例：1982年11月25日

受信名（あて名）

(1)位置は、発信日付から1行さげて、〝左上部〟に記入する。

(2)社外用のときは、会社名・団体名の正式名称と、原則として職名、必要あれば個人名を併記する。一般に、発信者が職名に姓名を必要とするとき、あて名にも同じように姓名をつける。

例：日本商事株式会社

貿易部長　大井辰夫　様

(3)敬称には、通常〝様〟又は〝殿〟（注）を用いる。多数対象の場合は〝各位〟を、団体あてのときは〝御中〟とする。

（注）：国語審議会の「これからの敬語」では〝様〟に統一することを勧めている。

發信號碼

位於信箋右上角，記載作成該書信的"部課簡稱"和"一連序號"。

例：營販332號

　　　　一連序號

　　　　營業部販賣課之簡稱

發信日期

(1)位於發信號碼之下面，其長度與發信號碼大約相同。

(2)以發信當天的日期為原則，而不是擬稿日期。

(3)必須記載年號。

例：1982年11月25日

收信者（又稱あて名）

(1)寫在發信日期下一行的左上方。

(2)對外書信，原則上書寫公司‧團體的正式名稱和職稱，如有必要，併記個人姓名。

一般而言，發信者使用職稱與姓名時，對於收信者也同樣使用職稱‧姓名。

例：日本商事株式會社

　　　貿易部長　　大井辰夫　樣

(3)敬稱通常使用「樣」或「殿」（註）。但對象是多數人時以「各位」，如果是團體，以「御中」表示。

（註）：依據日本國語審議會的「これからの敬語」之勸告，目前正趨向於統一使用「樣」的敬稱。

(4)あて名は、封筒の上書きと一致しなければならない。

発信名

(1)位置は、受信名から1行さげて〃右より〃に書く。

(2)発信名義は、私信と区別するため、個人名義を使ってはならない。原則として〃職名〃とし、社外用の場合には〃社名・住所（電話）・個人名〃などを併記する。

例：台北市済南路2段38号

中華貿易股份有限公司

貿易部経理　呉連慶㊞

(3)あて先と発信者をだいたい同格にする。

件名

(1)原則として〃1件1葉〃とする。内容の異なるものは、別葉にして件名をつける。

(2)手紙の内容や趣旨がわかるように簡潔に書く。今では、昔のように「…………の件」としないで「…………について」とする。

本文

　〃主文（内容）〃については、後の文例集を〃頭語・前文・末文・結語〃などは、この次の「貿易・商業文の慣用語句集」を参照し、よいビジネス手紙を正しく、早く、楽に作成するのである。

記

　本文が長いかまたは複雑なときには、その事項を〃記〃として個条書きにするとスッキリした表現になる。

追申（追って）

(4)信箋上收信人敬稱，要和信封上的敬稱一致才行。

發信者

(1)書寫位置是「受信名」下一行靠右之處。

(2)爲與私人信有所區別，發信者名義不得使用個人名義。以「職稱」爲原則，而且對外書信，通常將公司名稱、地址（電話號碼、個人姓名等一併記載。

例：台北市濟南路 2 段 38 號

中華貿易股份有限公司

貿易部經理　吳連慶㊞

(3)收信者與發信者的職位要相當，才不致於失禮。

主旨

(1)原則上是「1 件 1 信紙」，內容若屬不同者，於另一信紙標明其主旨。

(2)書寫簡要，使收信人明瞭信件的內容或主旨。其書寫方式，現已不像以往書爲「……の件」而寫成「……について」。

本文

關於「主文」的內容，請讀者細閱後列文例集（第 4 章），至於「頭語・前文・末文・結語」等，請參照下一章的「貿易・商業文の慣用語句集」，以便於練習書寫，而能成爲一位正確、迅速並順利地寫出一份優良的商業書信的人材。

記

本文太長或過於複雜時，將其要項一條一條分別寫在「記」內，則可表示更清楚。

本文に書きこめなかった事項、特定のあて先に申し送る事項、または改めて相手の注意を起こさせる場合などに用いる。

添付書類（同封書類）

番号をつけ、1文書1行に書く。本文の内容を説明したり、主張に裏付けを与えるために添付（同封）書類を有効に活用する。

この場合、本文の記載は、同封書類と重複しないよう、結論だけを簡潔に書く。

以上

記・追申・同封書類などを書いたとき、最後の文字に続けて書く。これは、手紙の終結を示すと同時に、追加改ざんを防止する役目をもっている。

担当者名

必要によっては、発信名義人とは別に、実際の〃担当者名〃（または連絡先）を明記しておくと、なにかの連絡に便利である。

ページ

ページは、各葉のとじ側の反対の肩か、下部中央に書く。1枚で終わるときは〃完〃とし、2枚以上の最終ページには、必ず〃』〃（カギ）をつけて終わりの表示とする。または、1／2、2／2のように書いてもよい。

再者（又稱追って）

　　本文內遺漏或不便書寫的事項，特別指定某人應領受事項，或再度喚起對方注意事項等，可在「追申」內表達。

附件（又稱同封書類）

　　註明號碼，每 1 附件寫 1 行。有效的運用附件，可有力說明本文的內容或給本文中的主張有個憑據。

　　此時，本文祇記載簡要之結論以免與附件之內容重複。

以上

　　寫了「記」・「再者」・「附件」，接著最後的文字而書此二字。這表示本書信之終了，同時亦有防止他人擅自追加或竄改之作用。

擔任者

　　如有必要，除發信者名義外，另註明實際負責人名（或通訊處），則業務進行上方便得多。

頁

　　頁數寫在各張信箋訂處對方上面，或下面中央。只用一張時，寫「完」一字，用 2 張以上時，於最後頁數，須加「」」（鈎）符號以示終了。或寫成 1／2 ， 2／2 亦無不可。

第2章　貿易・商業文の慣用語句集

▷何にでも必要なサンプル◁

　貿易・商業の手紙の本文は、形式的には〃頭語・前文・主文・末文・結語〃の順序で配列されるから、本章ではこうしたものの〃標準的な慣用語句〃を示しておく。

　あなたが実際に手紙を書く場合には、いつでもまず、こうした慣用語句をよく知って、それを適切に組み合せることで、早くよい手紙を書くことができる。

頭語

　〃頭語〃とは、あいさつの最初のコトバのことである。

(1)社外用では、一般に次の3種に統一する。この頭語の次は、普通1字分あけて書く。

　①拝啓：一般的に使う頭語。

　②前略：前文を略すときに使う頭語。

　③拝復：返信をかくときに使う頭語。

(2)社内用では、いっさい省略する。

前文

　前文には、主に時候とか、安否・感謝のあいさつを書く。社内用では、原則としていっさい省略し、ただちに主文に入る。社外用では、次の3種のなかから適当に選択して用いる。

　(1)一般的な安否のあいさつ

第2章　貿易・商業書信的慣用語句集

▷任何事情都須要樣本◁

貿易・商業書信的本文，形式上依「頭語・前文・主文・末文・結語」之次序排列。因此，本章將這些「標準慣用語句」向各位介紹以便習作。

當你實際寫信時，首先須熟記本章裡所舉出的慣用語句而隨時將它們適當地組合起來，則可立即寫成一封優良的書信。

頭語

所謂「頭語」是指向對方寒喧的起頭語詞而言。

(1)通常公司對外書信，現已統一使用下列3種頭語。此頭語之後面，通常空一個字，才寫「前文」。

　①拜啟：一般使用的頭語。

　②前略：省略「前文」時，使用的頭語。

　③拜復：寫回信時，所用的頭語。

(2)但，公司內部來往函，「頭語」・「結語」一律省略不用。

前文

「前文」的內容，主要是寫「季節性問候語」・「問候語」和「致謝語」。公司內部信函，原則上是省略前文而直接寫「主文」即可。對外書信的前文，可由下列3種方式裡，適當地選用。

(1)一般性的問候語

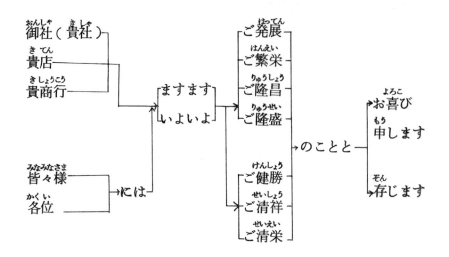

御社（貴社）
貴店
貴商行
皆々様
各位

ますます
いよいよ
には

ご発展
ご繁栄
ご隆昌
ご隆盛
ご健勝
ご清祥
ご清栄

のことと

お喜び
申します
存じます

(2)時候のあいさつ

社外用でも、会社対会社または官庁などの法人に対しては、前文(1)の一般的なあいさつだけでよい。原則として季節のあいさつは用いないのが礼儀である。

(3)感謝のあいさつ

前文(1)(2)と主文の間に、普通は次のような〝感謝〟の字句をはさむことが多い。

　　a. 特定の事柄に感謝する場合：

　　　例：①昨日はとつぜんお伺いいたし、種々ご教示にあずかり

　　　　　厚くお礼申し上げます。

　　　　②先日上京の際には、なにかとお手数をわずらわし、恐

　　　　　縮に存じます。

　　　　③過日御地出発の際には、ひとかたならないお世話さま

　　　　　になり、ありがたく感謝いたしております。

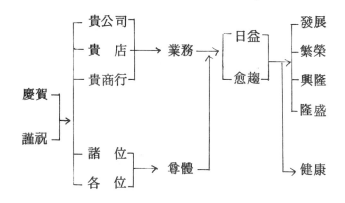

(2)季節性問候語

對外書信，如公司對公司或政府機關等法人團體，祇用前文(1)的一般性的問候語即可。原則上，不添加季節性問候語，却合乎禮貌。

(3)致謝語

前文(1)、(2)與主文之間，通常書寫下列致謝語句之情況不少。

a. 致謝特殊照顧事項：

　例：①不拘昨天突然拜訪，承蒙您很多指教，深表謝意。

　　　②前些日子到東京時，給您添了許多麻煩，真是過意不去。

　　　③前幾天由貴地出發之際，承您格外幫忙，非常感謝。

b．一般的な感謝のコトバ：

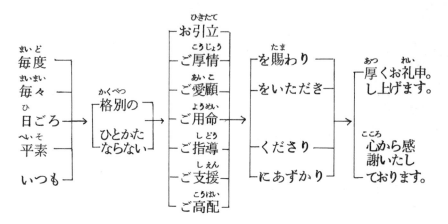

主文

"主文"は貿易・商業文の目的である用件を書くのだから、その生命といえるだろう。その内容は、各人が各場合、それぞれの事情に応じて書くのだが、すでに定型化された部分の標準語句を次に示しておく。

(1)主文の書きだし

　a．前文のあと、ただちに主文に入る場合：

　b．返信として書く場合：

　　「拝復」のあとへ、直接次のように書く。

　　①〇月〇日付貴状拝見いたしました。

　　②〇月〇日付第〇〇号貴状によりご照会（ご依頼・ご案内

　　・ご用命）の……について、ご回答（ご通知）申し上げ

b. 一般致謝語：

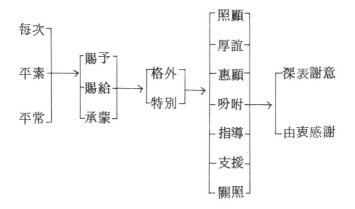

主文

　　「主文」是表達貿易‧商業書信的目的，亦即應辦的事情，可以說是書信最重要的部份。其內容，因人‧場合之不同，有適於各種情況的寫法，然而亦有已定型化的部份。此部份之標準語句列示於下：

(1)主文之起語

　　a。 承接前文立即轉入主文時：

　　b。 回信時之起語：

　　　　「拜復」之後面，直接寫下列語句。

　　①×月×日華翰拜悉。

　　②關於×月×日第×××號貴函照會（委託‧通知‧吩咐）

　　　　的××××，茲答覆（告知）於下：

ます。

③かねてお申し越しの……について、ご返事申し上げます。

④……については、重ねてご照会に接し、まことに恐縮に存じます。

(2)主文中の慣用語句:

①ご都合もおありと存じますが………

②ご多忙中恐れ入りますが………

③まことに催促がましく存じますが………

④ここに同封いたします。

⑤ご査収願います。

⑥よろしくお取りはからいください。

⑦至急調査の上、改めてご返事申し上げます。

⑧残念ですが貴意にそいかねますので………

⑨引き続きご用命いただきたく存じます。

末文

"末文"とは、主文の用件を先方に念をおす語句、または先方の繁栄を祈ったり、後便を約束する語句のことで、本文の終わりを示す。したがって、末文はくどい感じを与えてはならないし、ときによっては不要の場合もある。たとえば、

①まずは、とりあえずご回答まで。

②まずは、とり急ぎお願いまで。

③まずは、お礼かたがたご案内まで。

④とり急ぎごあいさつ申し上げます。

⑤とり急ぎお詫びかたがたお知らせまで。

③關於以前您信中所提的……，謹此回覆。

④關於……，而又接到貴公司之照會，眞是過意不去。

(2)主文內慣用語句，舉例如下：

①想貴公司也許有不方便的地方，………

②眞不好意思麻煩您這麼忙的人………

③似乎催討一般，實在非本意

④信內附上

⑤敬請查收

⑥請特別照顧；請妥善處理

⑦趕快調查之後，改天再答覆您

⑧很遺憾，因不能隨您的意思………

⑨請您繼續向敝公司訂購

末文

所謂「末文」是指向對方再度叮嚀主文之旨意，祈禱對方事業繁榮，以及約訂下次覆信時間等的語句，均表示「本文」之終結。因此，末文不可太冗長以免對方討厭，有時亦可省略不寫。

例如：

①耑此，匆匆答覆

②耑此，冒昧請託

③謹此致謝並邀請

④匆匆向您問候

⑤冒昧向您致歉並通知

⑥まずは、ご連絡かたがたお願いまで。

⑦とりあえず、用件のみ。

⑧これをご縁にお取引のできますことを心から祈っております。

⑨ますますご発展されますよう心からお祈りいたしております。

⑩詳細は後便にて申し上げます。

⑪折り返しご回答願い上げます。

結語

　"結語"を書かないのは、あいさつしないで辞去するのと同じ程度の失礼に当たる。この結語には、頭語とよくあったものを選択するようにする。

　　　つまり、「敬具」←→頭語の「拝啓」「拝復」に対して

　　　　　　「草々」←→頭語の「前略」に対して

　　　　　　「以上」……社内（頭語省略）用、または社外用の
　　　　　　　　　　付記の最後尾に

⑥耑此向您連絡及拜託

⑦只此匆匆要事

⑧由衷祈望藉此機會，能與貴公司開始交易

⑨衷心祈望貴公司業務愈加發展

⑩詳情於下函奉告

⑪請您立即作覆

結語

若不寫「結語」，就如同不寒喧便辭去的情況，一樣的不禮貌。

你必須選用與「頭語」相稱的「結語」。

＜結語＞　　　＜頭語＞

亦即：　「敬具」←→對於「拜啟」「拜復」

「草草」←→對於「前略」

「以上」……公司內部函（頭語省略）用，或用於公司

對外書信「附記」的最後尾部。

第3章　ききめのある商用電報

　電話のないところに早く通信したり、電話では残らない大切な記録を残すために " 電報 " がよく利用される。

　したがってこの電報も、「りっぱな貿易・商業の手紙の一つである」といえよう。

電報の慣用語（略語）

　電報文には特有の慣用語がある。この慣用語をおぼえていれば、発信者にも受信者にも便利である。しかし勝手につくった略語では一般に通用しないから、注意を要する。

　一般に用いられる略語には次のものがある。

ツキ（月）：三ツキ（3月）

ヒ　（日）：七ツキ五ヒ（7月5日）

ゼまたはアサ（午前）

ゴ（午後）：ゴ八・三〇（午後8時30分）

フミまたはテ（手紙）

デン（電報）

マルまたは〇（現金）

ヤクテ（約束手形）

タメテ（為替手形）

デンタメ（電報為替）

ネ（値段）

ニ（荷物）

第3章　有效的商用電報

對於沒有電話設備的地方，因要迅速通信，或爲了保存寶貴的紀錄，因電話無法保留原始紀錄，電報却常被利用。

故此種電報亦可稱爲「正當的貿易・商業書信之一種」。

電報的慣用語（略語）

電報文有它的特殊慣用語。如果發信人・收信人均熟記這些慣用語，則雙方都會覺得方便。但千萬不可擅作略語，因私作之略語是不通用的。請各位留意。

一般普遍使用的略語，列舉於下：

ツキ（月）：三ツキ（3月）

ヒ　（日）：七ツキ五ヒ（7月5日）

ゼ或アサ（上午）

ゴ（下午）：ゴ八・三〇（下午8時30分）

フミ或テ（信）

デン（電報）

マル或〇（現金）

ヤクテ（本票）

タメテ（滙票）

デンタメ（電滙）

ネ（價格）

ニ（貨物）

ツミ（出荷^{シュッカ}）

タツ（出発^{シュッパツ}する）

ツクまたはツイタ（到着^{トウチャク}しました）

ヘンマツまたはヘマ（返事^{ヘンジ}を待^マつ）

スヘまたはウナヘ（至急返事^{シキュウヘンジ}をたのむ）

イサイフミまたはアトフミ（委細^{イサイ}は手紙^{テガミ}で）

シラセ（報告^{ホウコク}してください）

ツメ（積送^{セキソウ}せよ）

シヤス（ありがとうございます）

デンミタまたはデミタ（貴電拝見^{キデンハイケン}しました）

ヘンマツまたはヘン（ご回答^{カイトウ}をお待^マちします）

ヘンデン（返事^{ヘンジ}は電報^{デンポウ}でお願^{ネガ}いします）

ネスヘ（値段^{ネダン}を急報願^{キュウホウネガ}います）

オクレまたはツメ（ご出荷^{シュッカ}願^{ネガ}います）

商用電報文例^{ぶんれい}：

①船積出荷通知^{ふなづみしゅっかつうち}

シナヤマトマルツミ」三ヒゼ　九ジ　コウベ　タツ」ハカケタ

メテクム」タカサゴ

（ご注文^{ちゅうもん}の品^{シナ}は、3日^{みっか}午前^{ゴゼン}9時^ジ神戸^{こうべ}出帆^{しゅっぱん}の大和丸^{ヤマトマル}に積込^{ツミこ}みました。なお送^{おく}り状^{じょう}の8掛^{ハチカケ}の荷為替^{にがわせ}をとり組^クみましたから、ご了承^{りょうしょう}ください。株式会社^{かぶしきかいしゃ}　高砂商行^{タカサゴしょうこう}）

②着荷通知^{ちゃっかつうち}

デ　ンアトシナツイタ」アトフミ

ツミ（發貨）

タツ（出發・啟程・動身）

ツク或ツイタ（到達）

ヘンマツ或ヘマ（候回信・俟回音）

スヘ或ウナヘ（請立刻回信）

イサイフミ或アトフミ（詳情以書信奉告）

シラセ（請告知）

ツメ（請發送貨物）

シヤス（謝謝）

デンミタ或デミタ（電報看過）

ヘンマツ或ヘン（恭候貴回信）

ヘンデン（回信請用電報）

ネスヘ（價錢請立即通知）

オクレ或ツメ（請發送貨品）

商用電報文例：

①裝船發貨通知

〔註〕　①シナ：貨品、貨物、商品　　②八カケ：8折

③爲手：爲替手形〔滙票〕之略語④株式会社：股份有限公司
（タメテ　かわせてがた）

（貴公司訂購之貨品，業已裝載於 3 日上午 9 時由神戸出港的「大和丸」輪船上。而敝商行結了按發票金額 8 折的押滙，請知照。

株式会社　高砂商行）

②到貨通知

〔註〕①着イタ：「着く」的過去式，已到。
（ツ）

・ 23 ・

（　デンポウ　　サイソク　　　　　　　　　アト　　　　ニもつ　　ツ　　　　　　　　　　しょうさい　テガミ
（電報でご催促しました後で、荷物が着きました。詳細は手紙

　　もう　あ
で申し上げます。）

　　　そうきんつうち
③送金通知

　デ　ン　ミタ」七五マンエン ミツイデ　 ンタメクム」ヒビ　ヤ
　　キデンはいけん　　　　　　　　　きん　　マンエンなりほんじつミツイ ぎんこう　　　　　デン
（貴電拝見いたしました。金 75 万円也本日三井銀行をへて電
　ホウ　カワセ　　　　ク　　　　　　　　　　　　　　　　ヒ ビ ヤしょうてん
報為替をとり組みました。　日比谷商店）

　　　しゅっぱつ　つうち
④出発の通知

　一六ヒゴ　　二ジ　ヤマモトタツ」イサイウチアワセヨ
　　　にちご ゴ 二ジ じはねだくうこうはつ　　　ヤマモトえいぎょうしゅにん　い
（　16 日午後 2 時羽田空港発にて山本営業主任が行きますから、
　イサイどうにん　　ウチア
委細同人とお打合わせください。）

　　　モクロク　　　　ちゅうもん
⑤目録による注文

　モクロク一八ゴ　ウ六〇コ一五ヒチヤクニテオクレ」ゴ　アキ

ン
　　しょうひんモクロクだい　　ゴウ しな　コ　にち　　とうチャク　　　　そう
（商品目録第 18 号の品 60 個、15 日までに到着するようご送
　ふねが　　　　　ゴ アキンしょうてん
付願います。　呉阿欽商店）

　　　ついかちゅうもん
⑥追加注文

　三ビ　シミシンシナキレタ」一五ダ　イスクツメサンリツ
　　ミツビシ　　　シナギ　　　　　さら　　ダイ　いそ
（三菱ミシン品切れになりましたので、更に 15 台とり急ぎご
　しゅっかねが　　　サンリツぼうえきゆうげんこうし
出荷願います。三立貿易有限公司）

　　　ちゅうもんしょうだく
⑦注文承諾

　テミタツムテハイスル
　　　テガミはいけん　　　　　　さっそくふなヅ　　　テハイ
（お手紙拝見しました。早速船積みの手配をいたします。）

　　のうき　ゆうよ　たの
⑧納期の猶予を頼む

②アトフミ：（＝イサイフミ）詳情以書信奉知

（以電報催促之後，貨物到達了。詳情則另函奉告。）

③滙款通知

〔註〕①見タ：「見る」的過去式，拜閲
　　　②電為：「電報為替」（電滙）之略語

（拜見貴電。日幣75萬円整，今天經由三井銀行已以電滙滙寄。
日比谷商店）

④出發通知

〔註〕①委細：詳細，詳情
　　　②打合ワセヨ：「打合わせる」（商量，接洽）的命令形

（16日下午2時，山本營業主任，由羽田機場動身到貴地去，
請詳細與他接洽。）

⑤依商品目錄訂貨

〔註〕①目錄：商品目錄②着：到着（到達）之略語③送レ：送る（
　　　發送）的命令形

（訂購貴商品目錄第18號之貨品60個，請安排發貨到敝店15
日止。　吳阿欽商店）

⑥追加訂貨

〔註〕①ミシン（machine）：縫紉機，ソーイング・マシン（
　　　sewing machine）的略語②品切レタ：「品切れる」之過
　　　去式。品切れ（名）／貨物賣光，無貨③スク積メ：「すぐ積む（
　　　立卽發貨）之命令形。

（三菱縫紉機賣光了，因此請立刻再發出15台。　三立貿易有限公司）

⑦接受訂貨

〔註〕①見タ：「見る」的過去式，看過
　　　②積ム手配スル：手配（籌備，安排），安排裝船。

（華翰已拜閲。敝公司將立卽安排裝運。）

⑧請求緩期交貨

二〇ヒヤクソクノシナデ　ンリョクセイゲ　ンニテオクレスマ

ヌ」二五ヒオサメル」タノム

（ご下命の品、本月 20 日納入のお約束でしたが、電力制限のた

め遅延いたし申し訳ありません。25 日までには必ず納品いたし

ますから、ご猶予くださるよう願いあげます。）

⑨支払延期の依頼

デ　ンミタコマル」メイワクスマヌガ　五ツキ一〇ヒマデ　マ

タレタシ

（貴電本日拝見いたしましたが、只今金詰りで困却しておりま

す。まことに済みませんが、来たる 5 月 10 日までお待ちくださ

るようお願い申しあげます。）

⑩発送見合わせの依頼

ネサガ　リソコナシ」ツマネバ　一ジ　ミアワセコウ」アトフ

ミ

（目下相場は下落一方です。まだ積込んでいませんでしたら、

イチ時発送を見合わせて下さい。委細書面で申しあげます。）

⑪未着照会

ニマダ　ツカヌコマル」シラベ　スヘイホウ

（出荷のご案内状頂きましたが、本日に至るもまだ到着せず困

惑しています。ご調査の上至急お返事ください。　偉峰貿易有

限公司）

⑫在庫の照会

（ツルマル）エ一〇〇ソクテモチアルカ」ネイクラカ」スヘ

〔註〕①約束ノ品（ヤクソク シナ）：訂約之貨品②遲レ（オク）：「遲れる」之二變③濟（ス）マヌ：（

＝すまない、すみません、申し訳ありません）對不起④納（オサ）メル：

（＝納入する、納品する）交貨⑤頼（タノ）ム：（＝願（ねが）う）請求，懇求

（貴訂購貨品，原訂本月 20 日交貨，但因電力限制供給而延遲

，眞抱歉。至 25 日必定繳貨，請允予緩期。）

⑨請求延期付款

〔註〕①困（コマ）ル：難辦，沒有辦法②迷惑（メイワク）：（＝迷惑をかける）給……

添麻煩③待（マ）タレタシ（＝お待ちください）請等待

（貴電今天拜見，目前銀根緊，沒辦法支付。實在抱歉，懇求您

寬限至 5 月 10 日。）

⑩請求暫停發貨

〔註〕①見合わせ（みあ）：暫停；見合（ミア）ワセ乞（コ）ウ／請作罷②値下（ネサ）ガリ：跌價

，↔値上（ねあ）がり③底（ソコ）ナシ：底（最低價）ナシ（無（な）い），無最低

價④積（ツ）マネバ：（＝積まなければ）還沒裝船的話⑤一（いちじ）ジ（一時

）：（＝しばらく），暫時

（目前市價一直下跌不停。如尙未裝船，請暫停發出。詳情以書

信奉告。）

⑪未到貨之詢問

〔註〕①未ダ着（マ ツ）カヌ：尙未到達②調（シラ）べ：「調（しら）べる」（調査）之二變

（已接到發貨通知，但至今尙未到達，不知所措。請調查之後，

立卽覆電感幸。　偉峰貿易有限公司）

⑫詢問存貨

〔註〕①手持（テ モチ）：（＝手持品，在庫（ひん）品）手頭存貨

（只今御社に鶴丸印Ａ号ゴム底靴百足の手持がありますか。ございましたら価格はいくらですか。折返しご一報願います。）

⑬価格の交渉

　「三二〇エンナラ五〇〇ハコカウ」ウラヌカヘン

（ご来示の品、320円にしてくれたら、500箱買受けます。如何でしょうか。お返事ください。）

⑭代金の請求

　一五ヒオクリシナダ　イ（一七マンエン）ツキマツマデ　ニオ

クレ

（去る 15 日ご送付しました商品代金 17 万円今月末までにご送金くださるようお願い申しあげます。）

⑮代金の督促

　シナダ　イナゼ　オクラヌ一〇ヒマデ　ニキツトオクレ」ヘマ

（品代金なぜ送ってくれないのですか。 10 日までに間違いなく送金してください。お返事を待っています。）

⑯出荷の督促

　五ヒチウノシナマダ　ツカヌ」ジ　キヲウシナウ」スクオクレ

（ 5 日付注文の品まだ到着しないで困っております。時機を失う恐れがありますから、至急ご出荷ください。）

電話託送電報の通話表

電話で託送電報を発受信するには、次の通話表によってします。また日本との国際電話の際にも、役に立ちます。

（貴公司現在是否有鶴丸印Ａ號橡膠底鞋100雙之庫存？如有，價錢多少？煩您立刻回報。）

⑬接洽價格

〔註〕①売ラ^ウヌカ：（＝売らないか、売りませんか）不賣嗎？

（您所提示之貨品，若爲320元，願購500箱。貴意如何？請賜覆。）

⑭貨款之請求

〔註〕①送り^{オク}品代^{シナダイ}：發送的商品代價②月末^{ツキマツ}：月底③送^{オク}レ：送る（＝送金する^{そうきん}<滙款>）之命令形

（15日向貴公司發出的貨款17萬圓，至本月底以前，請滙款來。）

⑮貨款之催討

〔註〕①ナゼ送^{オク}ラヌ：（＝なぜ送らないか）爲什麼不滙寄？②キット：（＝必ず^{かなら}）一定，必定

（爲何未滙寄貨款來呢？至10日止請您一定滙來。俟回音。）

⑯發貨之催促

〔註〕①注^{チウ}ノ品^{シナ}：（＝注文^{ちゅうもん}の品^{しな}）訂購之貨品

（5日訂購之貨物，尚未到此地，甚感困惑。恐失出售機會，請趕快發出。）

以電話託送電報所用的通話表

用電話託送電報，其發信・受信，均依下列通話表處理。此通話表亦有用於與日本通國際電話的時候。

ア	イ	ウ	エ	オ
朝日のア （あさひ）	いろはのイ	上野のウ （うえの）	鉛筆のエ （えんぴつ）	大阪のオ （おおさか）
カ	キ	ク	ケ	コ
為替のカ （かわせ）	切手のキ （きって）	車のク （くるま）	景色のケ （けしき）	子供のコ （こども）
サ	シ	ス	セ	ソ
桜のサ （さくら）	新聞のシ （しんぶん）	雀のス （すずめ）	世界のセ （せかい）	算盤のソ （そろばん）
タ	チ	ツ	テ	ト
煙草のタ （たばこ）	千鳥のチ （ちどり）	鶴亀のツ （つるかめ）	手紙のテ （てがみ）	富山のト （とやま）
ナ	ニ	ヌ	ネ	ノ
名古屋のナ （なごや）	日本のニ （にっぽん）	沼津のヌ （ぬまづ）	鼠のネ （ねずみ）	野原のノ （のはら）
ハ	ヒ	フ	ヘ	ホ
葉書のハ （はがき）	飛行機のヒ （ひこうき）	富士山のフ （ふじさん）	平和のヘ （へいわ）	保険のホ （ほけん）
マ	ミ	ム	メ	モ
マッチのマ	蜜柑のミ （みかん）	無線のム （むせん）	明治のメ （めいじ）	紅葉のモ （もみじ）
ヤ		ユ		ヨ
大和のヤ （やまと）		弓矢のユ （ゆみや）		吉野のヨ （よしの）

ラ	リ	ル	レ	ロ
ラジオのラ	林檎のリ（りんご）	留守居のル（るすい）	蓮華のレ（れんげ）	ローマのロ
ワ				ヲ
わらびのワ				尾張のヲ（をはり）

ン	゛	゜	」	、	｜
おしまいのン	濁点（だくてん）	半濁点（はん）	段落（だんらく）	区切点（くぎりてん）	長音（ちょうおん）

一	二	三	四	五
数字のヒト（すうじ）	数字のフタ	数字のサン	数字のヨン	数字のゴ
六	七	八	九	○
数字のロク	数字のナナ	数字のハチ	数字のキュウ	数字のマル

通話表の使い途（つかいみち）

例(1)電話託送電報を打（う）つとき：

七 ヒ ア サ 八 ジ　　タ ツ ム カ エ タ ノ ム 」 ア マ ミ ヤ

数 飛 朝 さ 数 新　　煙 鶴 無 為 鉛 煙 野 無 段 朝 マ 蜜 大
字 行 朝 く 字 聞　　草 亀 線 替 筆 草 原 線 落 日 ッ 柑 和
の 機 日 ら の の　　の の の の の の の の 　 の チ の の
七 の ヒ の サ シ　　タ ツ ム カ エ タ ノ ム 」 ア 日 マ ミ
　 ヒ 　 サ 八 に　　　　　　　　　　　　　　 ア の ミ ヤ
　 　 　 　 　 濁
　 　 　 　 　 点

（ ７ 日 朝 ８ 時 発 つ 迎 え 頼 む 」 雨 宮 ）
（なのか アサ ジ タ ムカ タノ アマミヤ）

例(2)日本との国際電話を交わすとき:

蔡：すみませんが、こんど台北にこられるとき、「イワナミ」の和英辞典をもってきてください。

中積：よく聞えませんが、何をもって行くのですか。

蔡：「いろは」のイ、「わらび」のワ、「名古屋」のナ、「蜜柑」のミ、「イワナミ」です。「イワナミ」の和英辞典です。

中積：はい、よくわかりました。岩波の和英辞典をもって行きます。

蔡：よろしくお願いします。さよなら。

中積：さよなら。

第4章　貿易日文文例集

文例1　団体観光旅行参加の通知

1982年6月3日

中華貿易有限公司

　　貿易部　　張東亮　様

大阪商事株式会社

　　貿易部　　岡山光夫　印

貴国観光のご連絡

拝啓　毎度お引立にあずかり①、厚くお礼申します。

　さて②、小生③来たる④6月15日から18日まで、団体で台北・花蓮の観光に行きます。台北では国賓大飯店に2泊しますから、ホテルでご面会し⑤たいと思っています。

　団体ですから、飛行場までわざわざ⑥お出でくださらなくてよろしいです。ホテルからお電話します。

　では、拝顔⑦のうえ、よろしく

敬具

<スケジュール⑧>

6.15	15:00	桃園着　国賓大飯店	6.17		台北見学　国賓大飯店
6.16		花蓮見学	6.18	17:30	桃園発　帰国

追申：適当な時季に野菜の支柱3,000束お願いするつもりです。

・ 34 ・

第4章　貿易日文文例集

文例1　參加團體觀光旅行的通知

【　註釋　】

① 引立にあずかる：承蒙照顧

② さて：（接）主文起語（用以結束前面的話，並提起新的話題）那末，且說

③ 小生：（代）自謙之稱，敝人，我

④ 来たる：（連體）下接日期，表示該日是尚未到的。下次的

　　　　　例：来たる日曜日／下星期日

⑤ 面会する：（自サ）會見，會面

⑥ わざわざ：（副）特意，故意地　例：わざわざ出迎えに行く／特意去迎接

⑦ 拝顔：（名）〔文〕拜謁

⑧ スケジュール：schedule 日程，預定表

　　　　　例：旅行のスケジュールをくむ／編製旅行的日程

貴國觀光之聯絡

敬啟者　每次承蒙照顧，深表謝意。

　那末本人自6月15日至18日參加團體到台北・花蓮觀光。在台北住宿於國賓大飯店兩夜，故想與您在飯店會面。因爲是團體行動，您不必特意到機場來迎接。我會由飯店給您電話。

　　詳細面談　　　　　　　　　　　　　　　　　　謹啟

＜日程表＞

6.15	15:00	到桃園	國賓大飯店	6.17 台北觀光	國賓大飯店
6.16		花蓮觀光		6.18 17:30 桃園發	歸國

再者：敝公司擬於適當季節，向您購買蔬菜用支柱竹3,000梱。

　　　　　　　　　　　　　　　　　　　　　　　　以上

文例2　訪台中お世話になったお礼

1982年6月19日

中華貿易有限公司

　　貿易部　　張東亮　様

大阪商事株式会社

貿易部　岡山光夫　拝

貴地訪問中のお世話に感謝

拝啓　御社ますますご発展のことと存じます。

　私今度始めて台北にお伺い①の節は、いろいろごちそうになったりお世話②になったり③しました。おかげさまで、大へん楽しい旅になりました。しかも帰りには、ありがたいお土産までいただき④まして、本当にお礼の申しよう⑤もありません。

　色々と品物ご契約いただきまして、ありがとうございます。7月5日までに½⑥お手元⑦にとどくよう⑧大阪銀行へ手続いたし⑨ます。立派な⑩製品を楽しみに待っております。

　どうぞ社長さん始め、皆さまによろしく

　まずはお礼かたがたご連絡まで

敬具

文例2　對訪臺中承幫忙的謝函

【 註釋 】

① 伺い：（名）「うかがう」的名詞形，問候，拜訪

② 世話：（名）幫助，援助　例：たいへんお世話になりました／多承您幫忙

③ …たり…たり：（接助）用以表示列舉，又……又……

　　　　　　例：とんだり跳ねたり大喜びだ／又蹦又跳高興得不得了

④ いただく：（他五）「もらう」的敬語，領受，蒙賜與

⑤ 一よう：（造語）方式，方法　例：話しようが悪い／說的方式不好

⑥ L／C：Letter of Credit 信用狀

⑦ 手元：（名）手邊，手裏　例：お手元にお届けします／送到您的手上（家裏）

⑧ よう：（形動）表示可能

⑨ 手続する：（自サ）辦手續

⑩ 立派な：（形動）優秀，優良　例：立派な商品／品質優良的商品

感謝貴地訪問中的幫助

敬啟者　祝賀貴公司業務益加進步發展。

　　本人這回首次訪北時，不但吃了不少盛饌，又受了很多幫助。托您的福，渡過一次非常愉快的旅行。而且歸國之際，蒙賜與寶貴的禮物，真不知如何表示謝意。

　　謝謝您能跟敝方締結了種種貨品的買賣契約。敝公司將會向大阪銀行辦理申請開發 L/C 之手續以期該信用狀到 7 月 5 日止能送到您的手上。同時我們也期待着優良產品的到達。

　　敬請代向董事長以及各位同仁問好

　　耑此致謝並連絡　　　　　　　　　　　　　　　　　謹啟

文例3　訪台市場視察ご案内の依頼

1982年8月15日

中華貿易有限公司
　　董事長　　欧景勝　様

矢野竹材株式会社

代表取締役　矢野敏男　拝

市場視察のご案内　を頼む
①

拝啓　貴社ますますご発展のこととお喜び申します。

　突然書面②にて失礼に存じますが、大阪商事K.K.③社長さんより御社が台湾竹材の専門輸出業者であることを知りました。弊社も数年前より貴地の竹材をとり扱っ④ております。

　主に3分・4分・5分⑤と7分の割竹⑥の外、白竹類も仕入れ⑦ています。とりあえず⑧、3分割（600本入）・4分割（400本入）そして7分割（100本入）の単価をお知らせ下さい。ご返信ありしだい⑨、台北に行く手続をします。恐縮です⑩が、桃園空港着の時間を電話しますから、迎えにきてくれませんか。

　白竹類は拝顔のおり、ご相談します。弊社は大量にさばく⑪力がありますので、どうぞよろしくご支援願います。

　先ずは至急ご依頼まで　　　　　　　　　　　　　　　敬具

文例3　委託訪台市場考察之嚮導

【 註釋 】

① 案内：（名）嚮導，引導　例：道を案内する／引路，帶路

② 書面：（名）（＝てがみ）書信，函

③ K.K. ：Kabushiki Kaisya 之略語

　　　　　株　式　会　社（＝股份有限公司）

④ とり扱う：（他五）辦理，處理，經銷

⑤ 3分・4分・5分：片寬3分・4分・5分之意

⑥ 割竹：（商品名）竹片

⑦ 仕入れる：（他下一）採購，購買（商品）

⑧ とりあえず：（副）急忙，趕快，首先

⑨ しだい：（接助）馬上，立刻；（一俟）就，便（＝…や否や）

⑩ 恐縮：（形動）（表示客氣或謝意）對不起，過意不去

⑪ さばく：（他五）銷售，推銷（＝売りさばく）
　　　　　例：たくみに品物を捌く／巧妙地推銷貨物

拜托市場考察之引導

敬啟者　祝賀貴公司業務益加發展。

　　請恕我突然給您書信。由大阪商事株式會社董事長聽說過，貴公司是台灣竹材的專業出口商。敝公司也進口銷售貴地竹材已有好幾年。

　　以經售3分・4分・5分和7分之竹片爲主，此外白竹一類亦有採購。請貴公司首先報知3分（600支裝），4分（400支裝）和7分（100支裝）竹片之單價。一俟貴回信，就辦理往台北之手續。對不起，用電話告訴您到桃園機場之時間，煩貴公司派人來迎接如何？

　　白竹一類，拜謁商量。因敝公司有大量銷售的能力，請貴公司給予支援。

　　匆此奉託　　　　　　　　　　　　　　　　　　　　　謹啟

文例4　来台市場視察のご案内

中貿第6801号

1982年8月19日

矢野竹材株式会社

代表取締役① 　矢野敏男　様

中華貿易有限公司

董事長　欧景勝 印

ご来台視察を歓迎する

　拝復　残暑なおきびしい折柄②、御社ますますご発展のことと存じ

ます。

　きょうはご鄭重な③お手紙をいただき、ありがとうございます。

始めてでありますが、今後ともよろしくお願いします。

　さて、竹材はお国・韓国そしてアメリカへの輸出が急増し、価格

が上がって来ました。例年なら④今ごろは竹がたくさん出ている時

ですが、韓国の海苔竹にとられたりして、白竹の加工に事欠く⑤あ

りさまです。また割竹もたいへん上がりました。現在のプライス⑥

は、下記のとおりになります。

		C.I.F.　Osaka ⑦
10 尺×3 分割	600 PCS.	U.S.$ 14.40
10 尺×4 分割	400 PCS.	U.S.$ 13.50
10 尺×5 分割	300 PCS.	U.S.$ 12.90

文例4　來台市場考察的引導

①取締役：董事；代表取締役：董事長

②折柄：（接助）（書信用語）當……的季節；　例：残暑なおきびしい折柄

　　　　8月份的季節問候語，當殘暑卻仍炎熱的季節

③鄭重な：（形動）很有禮貌，鄭重的

④例年なら：往年的話

⑤事欠く：（自五）缺少，缺乏，不足　例：事欠くありさま／缺乏的情況

⑥プライス：price 價錢，價格

⑦C. I. F. Osaka：Cost, Insurance & Freight Osaka ／大阪運費保險費

　　　　在內價（請看本書第5章）

歡迎蒞台考察

敬覆者　于殘暑仍炎熱的季節，推察貴公司業務更加發展。

　　今天蒙賜與鄭重的華翰，深深感謝。很榮幸初次拜見貴函，今後
仍請多關照。

　　至於竹材，因對貴國・韓國以及美國之出口劇增，價格亦上揚。
往年的話，此時是竹材的盛產期，然而由於韓國已訂去海苔用竹材，
因此無暇加工白竹的情況。又竹片價格亦已大幅上漲。
目前其價格如下：

C.I.F. 大阪港

10 ^{尺} × 3 ^{分} 竹片	600 ^{支}	U.S.$ 14.40
10 ^{尺} × 4 ^{分} 竹片	400 ^{支}	U.S.$ 13.50
10 ^{尺} × 5 ^{分} 竹片	300 ^{支}	U.S.$ 12.90

当地にいらっしゃいまして、各地をご案内しますと、よくお分か

りになると思います。桃園空港着の時間をご一報くだされば迎えに

いきます。

では、ご来台をお待ちしております。　　　　　　　　　敬具

10 ^{尺}×7 ^{分}竹片　　　100 ^{支}　　　U.S.$ 5.40

　　歡迎您來本地，我們會帶您參觀各地區，您就可了解實情。請告知一下到達桃園機場之時間，我們將會去迎接您。

　　等您蒞台　　　　　　　　　　　　　　　　　　　謹啟

文例5　電話番号変更の通知

1982年3月15日

高砂企業股份有限公司

　　貿易部　　御中①

野村玩具貿易株式会社

貿　易　部

電話番号増設変更のお知らせ

拝啓　毎々②格別のお引立をいただき厚くお礼申します。

　さて、4月1日より小社③の電話番号が下記のとおり④変更になります。また長らく⑤ご不便をおかけしていましたが、この際増設もしましたので、よろしくご利用願います。　　　　　　　　敬具

記

社長室	東京（361）9151
貿易部専用	東京（361）9152〜4
経理部専用（新設）	東京（361）9155
夜間専用（新設）	東京（361）9156　　以上

文例5　電話號碼變更之通知

【註釋】
① 御中<ruby>御中<rt>おんチュウ</rt></ruby>：公啟（用於寫給團體、機關等的書信）

　　　　例／早稲田大学商学部　御中／早稲田大學商學院　公啟

② 毎々<ruby>毎々<rt>マイマイ</rt></ruby>：（＝毎度<ruby>毎度<rt>マイド</rt></ruby>）每次

③ 小社<ruby>小社<rt>ショウシャ</rt></ruby>：「謙稱」敝公司

④ 下記<ruby>下記<rt>カ キ</rt></ruby>のとおり：如下列

⑤ 長<ruby>長<rt>なが</rt></ruby>らく：（副）長久（＝ながく）　例：長らくごぶさたしました／久未問

　　　候

增設電話號碼變更之通知

敬啟者　每次均蒙貴公司格外的照顧，深表謝意。

　　茲自4月1日起，敝公司之電話號碼將變更如下列。鑒於多年來給各位顧客添不便，此次增設新機，敬請賜敎爲荷。　　　　　　謹啟

　　　　　　　　　　　記

董事長室	東京（361）9151
貿易部專用	東京（361）9152～4
財務部專用（新設）	東京（361）9155
夜間專用（新設）	東京（361）9156　　以上

文例6　取引申込と見積送付の依頼

1982年6月18日

中華貿易有限公司

董事長　　欧景勝　様

名古屋竹材株式会社

取締役社長①　本間次郎

取引開始のお願いとQUOTATION送付の依頼

拝啓　梅雨の候②貴公司ますますご繁栄のこととお喜び申します。

実は③大阪商事K.K社長さんのご紹介をえて、手紙をさしあげます。貴公司には名古屋及び大阪地方に割竹を多量出荷さ④れていると伺っ⑤ております。この機会に是非⑥弊社ともお取引願いたく、どうぞ折返し⑦下記割竹のQuotationをご送付ください。

できれば、貴公司より毎月一定の数量を仕入れる考えですから、上質割竹でせいぜい⑧ご勉強願います。

まずはとり急ぎ見積送付のお願いまで

敬具

記

品名	規格（割巾）	入数	
9.7尺割竹	7分	100枚入	C&F
2.6尺割竹	6分	400枚入	} NAGOYA U.S.$?

以上

文例6　請求交易與報價之委託

【註釋】
① 取締役社長（とりしまりやくシャチョウ）：（＝代表取締役（ダイヒョウ））董事長
② 梅雨（つゆ）の候（コウ）：6月份的季節問候語，梅雨季節。
③ 実（ジツ）は：（副）其實，老實說　例：実は私（わたし）の考（かんが）え違（ちが）いでした／其實是我想錯了。
④ 出荷（シュッカ）する：（他サ）（用車船）裝出（運出）貨物
　　　　例：野菜（ヤサイ）を出荷する／（往市場）運出蔬菜。
⑤ 伺（うかが）う：（他五）「謙遜語」聽說　例：ご病気（ビョウキ）のように伺っていましたが、如何（いかが）ですか／聽說您不舒服了，現在怎樣？
⑥ 是非（ゼヒ）：（副）務必，一定（＝どうしても）無論如何
⑦ 折返（おりかえ）し：（副）（書信用語）立刻，立即
　　　　例：折返し返事（へんじ）を出（だ）す／立即回覆（回信）
⑧ せいぜい：（副）盡量，盡可能
　　　　例：せいぜい勉強（ベンキョウ）しておきます／盡可能少算價錢

請求開始交易與寄送報價單之拜託

敬啟者　于此梅雨季節，祝賀貴公司業務愈趨繁榮。

　　說實在，經由大阪商事株式會社董事長之介紹，奉上此函。聽說，貴公司有對名古屋和大阪地區大量銷出竹片。藉此機會，請貴公司務必與敝公司交易，並立即寄送下列竹片的報價來。

　　我們考慮盡量每月向貴公司採購一定數量之竹片，所以請您供應高品質的竹片而盡可能少算價錢。

　　耑此奉託，即寄報價單　　　　　　　　　　　　　　謹啟

記

品名	規格（片寬）	裝數	
9.7尺竹片	7分	100片裝	名古屋港運費在內
2.6尺竹片	6分	400片裝	價　U.S.$?

以上

文例7　取引ご承諾とQUOTATIONの送付

中貿第6802号

1982年6月28日

名古屋竹材株式会社

　取締役社長　　本間次郎　様

中華貿易有限公司

董事長　欧景勝

QUOTATIONのご送付

　拝復　毎日暑い日がつづいております。御社いよいよ①ご繁栄のこ
とと存じます。

　さて、6月18日付お手紙ありがたく拝見いたしました。割竹で
すが、別紙QUOTATIONのとおり特別の価格でオファーいたし②ま
す。どうぞ末ながくお取引くださるようお願い申します。

　最近、竹の伐採③禁止と雨期で生産が少なかったが、7月上旬か
らだんだん④スムースに⑤なると思います。早目にご注文ください。

　お国の竹の需要が年ごとにふえ、又こちらでは工賃が上がりつつ
⑥あります。プライスに変動がありましたら、またお知らせします。

　一度現地にお越し⑦ください。いろいろご案内いたします。

　では、とりあえずお返事まで　　　　　　　　　　　　敬具

同封：QUOTATION　　1通

文例7　交易承諾與報價單寄發

【 註釋 】

①いよいよ：（副）愈益，越發，更（＝ますます）

②オファー：offer 提供，提出，出價，作價

③伐採（バッサイ）：（名）採伐，砍伐　例：山林を伐採（サンリン）する／砍伐山林

④だんだん：（副）漸漸　例：だんだん夜（よ）が明（あ）けていく／天漸漸亮了

⑤スムースに：smooth（形動）圓滑，順利

⑥つつ：（接助）表示繼續進行態，正在……　例：上（あ）がりつつある／正在上
　　　漲

⑦お越（こ）し：「行（い）く・来（く）る」的敬語

⑧Wari take：（商品名）（＝割竹（わりたけ））竹片

報價單之寄出

敬覆者　在這天天炎熱的日子裏，想貴公司將更趨繁榮。

　　感謝您於6月18日所寄發之信，業已拜讀。關於竹片，敝方以
特殊價格向貴公司提供，如另附報價單。請賜予長久之愛顧是盼。

　　最近，由於竹材禁止砍伐和雨期，生產較少，但我想自7月上旬
以後將漸漸回復正常。請從速訂購。

　　貴國對竹材的需求，一年比一年增加，又本地的工資正在上漲。
價格如有變動，將另行奉達。希望您親來現場一趟。我們當竭誠嚮導。

　　專此奉覆　　　　　　　　　　　　　　　　　　　謹啟

附件：報價單　1份

中華貿易有限公司

Chung Hua Trading Co., Ltd.

P.O.BOX 22241 TAIPEI   TEL：（02）6285769

TAIPEI CITY, TAIWAN, FREECHINA

DATE：Jun.28,1982

CABLE ADDRESS
 "CHUNG HUA"

 TAIPEI

Our Ref No. 81417

QUOTATION

TO NAGOYA BAMBOO Co., LTD

Dear Sirs：

　We have pleasure in offering you as follows：

Place of Delivery: Japanese Ports

Time of Shipment: Within 30 days after receipt of

　　　　　irrevocable L/c

Packing: Bundle with rope

Terms of Payment: By the irrevocable Letter of

　　　　　Credit in our favour

Awaiting your prompt reply and valuable order, We are,

　　　　　Yours very truly,

　　　CHUNG HUA TRADING CO., LTD.

ITEM NO	DESCRIPTION	QUANTITY	UNITPRICE	AMOUNT
			C&F NAGOYA	
CH 12	Waritake⑧291cm×7bu per bundle 100 pcs.		U.S.$ 7.20	
CH 13	Waritake 78cm×6bu per bundle 400 pcs.		U.S.$ 5.70	

中貿第 6803 号

1982 年 6 月 12 日

大阪商事株式会社

　　貿易部　　御中

中華貿易有限公司

　　貿　易　部

青竹サンプルの送付について

前略　去る①十日基隆出帆②の春福神丸で、7 寸の青竹 4 束③（ 1 束 5 本入）お送りしました。4 月末からずっと④伐採禁止のため、1 か月半前に切ったものをサンプルにしたが、ご注文には新しいのを積出します。

プライスは 7 寸 8 ㎥ F.O.B.1.50 ドル、C.I.F.2.40 ドルです。数量は毎月 100 万本引受け⑤られます。

　　では、ご用命⑥をお待ちしております。　　　　　　草々

同封：Invoice, Packing List, B/L　　　　各 1 通

文例8　寄發樣本之通知

【註釋】
①去る：（連體）下接日期，表示該日是已經過去的
　　　　例：去る十日帰国した／已於十號回國
②出帆：（名）開船
③束：（名）把，捆
④（から）ずっと：（副）（從……）一直，始終　例：あれからずっとここ
　　　　　　　　に住んでいる／從那時起一直住在這裏
⑤引受ける：（他下一）接受　例：注文を引受ける／接受訂貨
⑥用命：（名）吩咐，訂購　例：先日ご用命の品／日前您訂購的東西

關於青竹樣本之寄出

前略　已於十日裝於基隆出港的輪船春福神丸，發送7寸青竹4捆（
1捆5支裝）。由於自4月底起一直禁止砍伐，我們不得不以一個月
半以前探伐的作爲樣本，但對貴公司所訂購的，則可裝出新採的竹材。

　　　價格是7寸8公尺 F.O.B. 1.50美元，C.I.F. 2.40美元。至
於數量，敝公司可以接受每月100萬支。

　　　喘此期待您吩咐！　　　　　　　　　　　　　　　　　　　草草

附件：發票，包裝清單，提貨單　　　　　　　各1份

文例9　条件付取引の交渉

神竹第 1572 号

1982 年 7 月 3 日

中華貿易有限公司

　　貿易部　　御中

神戸竹材株式会社　印

当社との取引について

前略　ただ今お電話いただき、有難く拝聴しました。

　貴社 offer 入手すれば、すぐ L/C オープンし①ます。電話でお話し
しましたように、毎月継続してお取引くださることを希望します。
出来れば②この機会に竹林商店さんとの取引をやめてください。最
近直接輸入する業者がふえて困り③ます。

　貴国との取引は一昨年よりだいぶ増加しております。こんどの品
物がよければ、つづいて L/C 開きます。小社は毎月割竹 3 ㎥ 3,000
束、78㎝ 6,000 束、170㎝ 1,000 束以上引受けたい考えです。

　従来⑤竹林さんは弊社の台湾竹材をとり扱っ⑥ておりましたのに、
今回の輸入で当方も困っています。よろしくご支援願います。

草々

文例 9　附條件交易之接洽

【 註釋 】

①オープンする：open 開，開設

②出来れば：（＝出来ることなら）可能的話

③困る：（自五）難辦，没有辦法

④だいぶ：（副）（＝だいぶん，よほど）頗，很
　　　例：だいぶ借金がある／有不少的債務

⑤從来：（副）從來，以前，直到現在

⑥とり扱う：（他五）辦理，處理

關於與敝公司之交易

前略　謝謝您剛才打來的電話。

　　一接到貴公司的出價，就開出信用狀。在電話中已說過，希望貴公司能給予每月繼續交易。可能的話，藉此機會，請您放棄跟竹林商店之交易。最近，因直接進口的業者增加而傷腦筋。

　　與貴國之貿易，從前年起增加了不少。若本次的貨，品質不錯的話，當陸續開設信用狀。敝公司每月想接受竹片 3 公尺 3,000 捆，78 公分 6,000 捆，170 公分 1,000 捆以上。

　　竹林先生一直經銷敝公司的台灣竹材到現在，然而由於這次的直接進口，敝方非常困惑。請多支援。　　　　　　　　　　　　草草

文例10　条件付取引の要求を断わる

神戸竹材株式会社　御中

中華貿易有限公司

貿　易　部

貴書神竹第 1572 号へのご回答

拝復　御社ますますご発展のことと存じます。
　　お手紙 7 月 3 日付拝読しました。貴意①よく分かりましたが、御
社のご希望に副い②えないことを残念に③思います。というのは、
弊社は長年④取引金額の大小、支払⑤状況などによって輸出価格に
差別をつけているので、他社との取引が貴社の利潤に影響すること
は殆ど⑥ない筈⑦です。この点どうぞご了承くださって、ご愛顧の
ほどお願い申します。
　　　　　　　　　　　　　　　　　　　　　　　　　　　敬具

文例10　拒絕附條件交易之要求

【註釋】

①貴意：（名）（書信用語）尊意

②副う：（自五）副，符合　例：ご希望に副うように努力します／一定設法使您達到希望

③残念：（形動）遺憾，抱歉

④長年：（名）多年，多年以來

⑤支払：（名）支付，付款　例：支払を請求する／要求付款

⑥殆ど：（副）幾乎，大體上，大部分

⑦筈：（名）道理　例：そんな筈はない／沒有那樣道理，不會是那樣

奉覆貴函神竹第1572號

敬覆者　想貴公司業務必益加發展。

　　7月3日發貴函已拜讀。我們很了解尊意，但非常抱歉無法使您達到希望。這是因為敝公司依據顧客多年交易金額之多寡、付款情況而分別規定出口價格，所以與他公司之交易，幾乎不會影響貴公司之利潤。

　　請您多諒解此點而繼續惠顧為荷　　　　　　　　　　謹啟

文例11　ご注文の催促

中貿第6805号

1982.7.29.

神戸竹材株式会社　御中

中華貿易有限公司

貿　易　部

至急① ご注文のお願い

拝啓　毎度格別のご高配②にあずかり、感謝しております。

さて、２７日基隆出港の福啓丸で、残り全部積出しました。別便③で船積書類お送りしましたからご検収下さい。

こちらでは毎日のよい天気と倉庫をたてたため、今山にできている割竹は、品物が大へんきれいです。包装も丈夫に④改善しました。4,000束の在庫⑤があるから至急orderをください。もし、御社でいらない場合はよそ⑥に廻したいと思っていますから、急いでお返事をください。

また、柄竹、垣根竹、青竹など伐採禁止とりやめ⑦のため、新製品が出だしました。ご用命くださるよう願っています。　　敬具

文例11 訂貨之催促

【註釋】

①至急：（名）火急　例：至急お返事ください／請趕快回信

②高配：（名）「敬語」照顧，照料　例：ご高配にあずかり感謝に堪えません／（書信用語）承蒙照顧不勝感謝

③別便：（名）另函

④丈夫：（形動）堅固，結實

⑤在庫：（名）庫存，存放或儲藏在倉庫裏的貨品

⑥よそ：（名）別處，別的地方
　　　　例：よそで買うともっと安い／在別處買更便宜

⑦とりやめ：（名）中止，停止

請趕快訂購

敬啟者　每次承蒙格外的照顧，由衷感謝。

　　我們將貴訂貨的剩餘部份全部，已於27日基隆出港福啟丸裝出。另函發送有關裝船文件，請查收。

　　本地因每天天氣好又蓋了倉庫，現在山上作成的竹片，可以說是極上品。包裝也已經改良為很結實。目前還有4,000捆之庫存，請快速訂購。如果貴公司不要，我們打算轉給別處，故務必即覆。

　　還有花紋竹、籬笆竹、青竹等，因中止砍伐禁止，新產品已開始了供應。亦懇求您訂購。

謹啟

文例12　試験注文の依頼

中貿第6806号

1982年1月31日

東京物産株式会社

山　本　宏　様

中華貿易有限公司

呉林秀菊　拝

トライオーダーのお願い

前略　旧暦のお正月で大へんにぎわい①ましたが、今日から官庁・銀行も仕事を始め②ました。

早速です③が、スッポン④について再三交渉した結果、やっと⑤ C & F TOKYO U.S.$ 13.50で出せることに、話がまとまり⑥ました。まず1,000kg だけ Try Order を出してくださいませ。

包装のことは、ご経験の多いあなた様の意見をきかせてちょうだい。この新商売が継続できますよう努力いたします。プロホルマ・インボイス⑦お必要でしたら、おしらせください。すぐ出しますから。

では、大至急お返事くださいませ。お待ちしております。

かしこ⑧

文例12 試用訂購之委託

【註釋】

①にぎわう：（自五）熱鬧，興旺
　　　例：村中国慶節で賑わう／全村因國慶日很熱鬧
②仕事を始める：開始工作
③早速：（副）火速，立刻，馬上，急忙
　　　例：早速ですが／請允許我免去客套先談問題
④スッポン：（名）「動物名」鼈
⑤やっと：（副）好容易（＝ようやく）　例：やっと分かった／才明白了
⑥まとまる：（自五）解決，商妥　例：相談がまとまる／商量妥
⑦プロホルマ・インボイス：Proforma Invoice 估價發票
⑧かしこ：（名）「畏し」的語幹。女人寫信時，用的結束語

請試用訂購

前略　適逢農曆新年，本地已非常熱鬧過，但從今天起機關・銀行也恢復上班了。

　　請允我先談主題，關於鼈經過再三接洽，好不容易才談妥為東京港運費在內價13.50美元之最低價格。請您先試用訂購1,000公斤吧。

　　包裝一事，讓我們聽聽有豐富經驗的您的高見。敝公司當盡力而使此新生意能繼續進行。估價發票，如您需用，煩通知一聲，則立即寄送。

　　那末請您即覆，等待貴回音。

　　　　　　　　　　　　　　　　　　　　　　　　　　　　　謹此

文例13　見本注文①の通知

1982.7.12

中華貿易有限公司

　　貿易部　　御中

名古屋竹材株式会社
本間孝一

見本注文について

拝啓　貴公司いよいよご隆盛②のことと存じます。

　さて、貴見積書No.81417により、少量ですが、サンプルとして下記のように注文いたし①ます。½はすぐ送ります。品質よければ、つづいて相当数量ご注文することになります。

　どうぞよろしくお願いします。　　　　　　　　　　　　　　　敬具

記

番号	品名	数量	単価	金額
CH12	割竹291cm×7分100本入	200束	C&F　Nagoya③ U.S.$7.20	U.S.$1,140
CH13	割竹78cm×6分400本入	200束	U.S.$5.70	1,140
			合計	U.S.$2,580

以上

文例13　樣本訂貨之通知

【 註釋 】

①注文：（＝註文）（名、自他サ）訂購，訂貨
　　　例：東京の本屋へ本を注文する／向東京的書店訂購書
②隆盛：（ 名・形動 ）隆盛，繁榮
　　　例：社運が隆盛におもむく／公司日趨繁榮
③C & F Nagoya：Cost and Freight Nagoya
　　　　　　名古屋港運費在內價（ 請看本書第5章 ）

樣本訂貨

敬啟者　獲悉貴公司愈趨繁榮至爲欣慰。

　　玆據貴估價單No. 81417，雖是少量，向您樣本訂購如下列。信用狀，將立即開設。若品質良好，則當會陸續購買相當數量。

　　請多關照　　　　　　　　　　　　　　　　　　　　謹啟

記

號碼	商品名稱	數量	單價 名古屋運費在內價	金額
CH 12	竹片291公分×7分100支裝	200捆	US＄7.20	US＄1,440
CH 13	竹片 78公分×6分400支裝	200捆	US＄5.70	US＄1,140
			合計	US＄2,580

以上

文例14　在阪中のお礼と見積送状の送付

中貿第6807号

1982.6.8

大阪商事株式会社

　　貿易部　　御中

中華貿易有限公司

貿易部　何年卿　拝

PROFORMA　INVOICEのご送付

拝啓　このたび社長が御地①を訪ねたときには、色々とお世話になりました。おかげ様で、無事②仕事を終え帰北しましたから、どうぞご放念③ください。

　さて、その折④に扇の骨をオファーするようにとのこと、別紙⑤のとおりプロホルマ・インボイスをお送りしますから、よろしくお願いします。

　最近お国からの注文が多いのと伐採禁止解消の直後⑥なので、竹の生産が少ないのです。それで値段⑦がだいぶ上がりました。しばらくすれば、少し下がると思いますが、もし、そうでない場合は、当方の利潤を減らすことにします。⅟。開設の際、保険はF.P.A.⑧にしてください。

　では、ご注文を楽しみにしております。　　　　　　　　敬具

同封：PROFORMA　INVOICE　　1通

文例 14　　在阪承幫助的謝函與估價發票之寄發

【註釋】

①御地：（名）貴地，貴處（＝貴地）　例：御地の様子はいかがですか／您那裏情況怎樣？

②無事：（名・形動）平安，無變故　例：無事に旅から帰る／從旅途平安歸來

③放念：（名）放心，安心　例：どうぞご放念ください／（書信用語）請釋錦念

④折：（名）時候，當兒，時　例：その折も彼に注意しておいた／當時我已經促使他注意了

⑤別紙：（名）另一張紙，另紙　例：別紙のとおり／一如另紙

⑥直後：（名）……之後不久　例：解消の直後／解除之後不久

⑦値段：（名）價格，價錢

⑧F.P.A.：Free from Particular Average　單獨海損不賠償（請看本書第5章）

估價發票之寄出

敬啟者　此次董事長拜訪貴地當中，承蒙您的幫忙。因此，他完成工作，安然地回到了台北，請釋錦念。

　　當時，貴公司曾吩咐提供扇子骨之報價，茲寄出估價發票一如另紙，請多多惠顧。

　　因最近貴國的多量訂貨和解除砍伐禁止之後不久，故竹材的生產量很少。因此價錢上揚了不少。過一陣子可能會稍為下跌，果或不然，則減少敝方的利潤來解決。開設信用狀時，請投保"單獨海損不賠償"。

　　我們以愉快心情期待您的訂單　　　　　　　　　　　　　謹啟

附件：估價發票　1份

中 華 貿 易 有 限 公 司

Chung Hua Trading Co., Ltd.

P.O.BOX 22241 TAIPEI

TAIPEI CITY, TAIWAN, FREE CHINA

CABLE ADDRESS   TEL : (02) 6285769

"CHUNG HUA"   DATE : Jun.8.1982

TAIPEI

PROFORMA INVOICE SH7215

TO: MESSRS. OSAKA TRADING CO., LTD.

NO.5 3CHOME HINO DAITO CITY

OSAKA, JAPAN

ITEM	DESCRIPTION	QUANTITY	UNIT PRICE	AMOUNT
	Fan Stick Bamboo Made		C.I.F. OSAKA Per 1,000 pcs.	
CH 34	$21^c \times 1^c \times 0.3^c$	1,000,000 pcs.	U.S.$5.10	US$5,100
CH 35	$36^c \times 1^c \times 0.3^c$	200,000 pcs.	U.S.$7.20	US$1,440
	TOTAL:	1,200,000 pcs.		US$6,540

Shipment: Within 45 days after receipt of ⅃/c.

Payment: By the irrevocable letter of Credit in our

favour.

Packing: With Burlap

Remarks: Insurance, F.P.A. only by supplier.

Chung Hua Trading Co., Ltd.

President

山崎第3315号

1981.11.22

中華貿易有限公司

　　　貿易部　　御中

山崎輸出入有限会社

山崎一郎　拝

弊社Proforma Order お引受をこう⑨

拝啓　貴社ますますご隆昌①のこととお喜び申します。

　　さて、大阪の知人②より御社が台湾特産の竹材を取り扱っていることが分かりました。あるBig Userの依頼で、今までに数回輸入したのですが、どうも③品質がよくないので困っていたところ④です。

　　御社の製品はよいという評判⑤なので、別紙Proforma Orderを同封しましたから、ご検討の上ご同意下さるようお願いいたします。

　　お引受けくださる時は、Proforma Order の一部にサインして返送してください。そのさい⑥、Proforma は消してください。Order Sheetを入手したらすぐ⅒をオープンします。もし、指定銀行があれば銀行名をお知らせください。納期⑦については8,000 Bundle全部、12 月積出し不能のときは、半分だけでも結構⑧です。

　　まずは、よろしくご依頼まで　　　　　　　　　　　　　敬具

同封：　Proforma Order　　1通

文例15　估價訂貨承諾之委託

【註釋】
①隆昌：（名）興隆，昌盛，繁榮
②知人：（名）相識，熟人
③どうも：（副）（下接否定語）怎麼也（＝どうしても）

  例：どうもよく分からない／怎麼也不大明白

④ところ：（名）（正當）……時候　例：門を出ようとするところへ郵便屋

  さんが電報を持ってきた／剛要走出大門，郵差送來了電報

⑤評判：（名）（社會一般的）評論，評價，名聲

  例：評判がわるい／名聲不好

⑥さい：（名）時候（＝とき，おり）　例：その際／那時
⑦納期：（名）交貨期日
⑧結構：（形動）可以，足夠　例：今日できなければ明日でも結構です／今

  天辦不到明天也可以

⑨こう：（他五）請求，乞求，希望，請

請接受敝公司估價訂單

敬啟者　慶賀貴公司業務愈趨繁榮。

  經由大阪的熟人介紹，始知貴公司專營台灣特產的竹材。曾接受大量使用客戶之委託，迄今已進口幾次竹材，可是怎麼也品質差而正在傷腦筋。

  據說，貴公司的產品不錯，信內附上另紙估價訂單，希望您加以研討而後承諾我的請求。

  如果您肯答應，煩您在估價訂單上簽名後寄回來。那時，請您劃掉 Proforma 一字。一接到訂貨承諾單，我們就開信用狀。有無指定銀行？請告知。至於交貨期限，若8,000捆12月不能全部裝船，只發送一半亦無不可。

  耑此懇託　　　　　　　　　　　　　　　　　　　謹啟
附件：估價訂單　1份

文例16　見積注文ご受諾の催促

山崎第3342号

1981.12.1

中華貿易有限公司

　　　貿易部　　　御中

山崎輸出入有限会社

山崎一郎　拝

Proforma Order 再度①お引受を願う

前略　11月22日付弊書②山崎3315号にて③、ご依頼申しました
こと、まだなんのお返事にも接しませんが、如何でしょうか。なに
とぞ④とり急ぎ貴意ご一報ください。

　私たちの知るところでは、花蓮の竹材もピーク⑤にきているよう
です。竹山・台南方面の竹材の状況はどうですか。高雄港から積出
す⑥割竹は品質もよく、プライスも多少⑦安いようです。

　まずは、もう一度ご依頼まで

草々

文例16　估價訂貨承諾之催促

【註釋】

①再度：（副）再度，再一次　例：再度試みる／再度嘗試

②弊書：敝信

③にて：（格助）〔文〕＝で

④なにとぞ：（副）請（＝どうぞ，どうか，ぜひ）

　　　　　例：なにとぞよろしく願います／請多關照

⑤ピーク：peak　（名）山頂，頂峯

⑥積出す：（他五）（把貨物）裝出，發送　　例：貨物を積出す／裝運貨物

⑦多少：（副）多少，稍微（＝幾らか，少しは）

　　　　　例：多少英語が話せる／多少會說點英語

再請接受估價訂單

前文省略　11月22日已發敝信山崎3315號向貴公司懇託的事，尚未接獲任何的回覆，不知如何？請速報尊意。

　據我們所知，花蓮地區的竹材，似乎已達頂峯－缺乏開拓之餘地。竹山・台南一帶的竹材，情況怎樣？據說，由高雄港裝運的竹片，其品質優良，價錢也稍微便宜些。

　　耑此再託　　　　　　　　　　　　　　　　　　不盡欲言

文例17　見積注文の価格再考慮の交渉

中貿第6808号

1981.12.5

山崎輸出入有限会社

　　山崎一郎　　様

中華貿易有限公司

貿易部　張東亮　拝

貴社 Proforma Order についてご回答

拝啓　11月22日付と12月1日付貴書①2通とも、たしかに②拝受し③ました。

　多忙にまぎれ④、返事おそくなって申しわけ⑤ありません。弊社への格別のご厚情、まことにありがたく感謝にたえません。たまたま⑥竹材のシーズン⑦で、毎日々々しごとに追われている恰好です。日本・韓国そして米国に出す竹が年々増えて、青竹の産地価格も工賃もあがって、貴社の申し込みの価格では、どうしても⑧お上げできないことになりました。Proforma Invoice同封いたしましたから、どうか再検討してみてください。品質や納期については十分に自信がありますから、どうぞ安心ください。

　では、ご用命を待っています。簡単にお返事まで　　　　　　敬具

同封：Proforma Invoice　1通

・72・

文例 17　　估價訂購價格再考慮之接洽

【 註釋 】

①貴書：（名）〔 文 〕尊函　　例：貴書まさに拝見しました／尊函敬悉

②たしかに：（副）的確，一定，確實
　　　　　例：確かに受取りました／的確收到了

③拝受する：（他サ）〔 文 〕領受，接受

④まぎれる：（自下一）（由於忙碌等）想不起來，（注意）分散
　　　　　例：多忙に紛れ、ごぶさたしました／因爲太忙，好久沒問候您了

⑤申しわけ：（名）「言いわけ」的敬語，申辯，辯解，道歉
　　　　　例：何とも申しわけがない／沒有任何理由可以辯解；實在抱歉

⑥たまたま：（副）偶然，碰巧

⑦シーズン：season（名）季節，旺季

⑧どうしても：（連語）怎麼也，無論如何也

關於貴公司估價訂單的回覆

敬啓者　　11月22日及12月1日發貴函共二份，均已確實受領。

　　由於忙碌，遲延回信實在抱歉。辱承敝公司格外厚誼，不勝感激。碰巧，遇竹材盛產季節，忙得天天被工作逼得不可開交的樣子。向日本・韓國以及美國裝出的竹材年年增多，又青竹的產地價格和工資均上漲，故照貴公司的出價，無論如何，我們也無法供應。

　　信內附上估價發票，務請您再次研究研究。至於品質・交貨期日，敝方有十分的把握，請放心。

　　誠心等待貴訂貨！簡此奉覆　　　　　　　　　　　　　　　謹啓

附件：估價發票　　1份

文例18　PROFORMA INVOICE ご送付の依頼

1981.10.6

中華貿易有限公司

　貿易部　　御中

矢野竹材株式会社

矢野正一　拝

PROFORMA INVOICE　ご送付のお願い

前略　お電話ありがたく拝聴し①ました。さっそく½ 開設のため、大阪銀行へいきましたら、御社との契約書②が必要だといっておりますので、下記のとおりプロホルマ・インボイスを大急ぎでお送りください。

草々

注　文

番号	品　名	数　量	単　価	金　額
CH12	10尺×7分割100本入	1,000束	CIF OSAKA US$　5.40	US$　5,400
CH13	10尺×4分割400本入	1,000束	US$　13.50	13,500
	合計	2,000束		US$18,900

以上

・74・

文例18 估價發票寄發之委託

【註釋】
①拜聴する：（他サ）〔文〕「きく」的敬語，拜聽
　　　　例：お話を面白く拜聴しました／您的話，我聽得很有趣
②契約書：（名）契約，合同　例：契約を結ぶ／立合同

請惠寄估價發票

前略　謝謝您的電話，始終恭聽了。爲開設信用狀，立刻趕到大阪銀行。因銀行要求繳出與貴公司的契約。因此，請即寄估價發票如下列

　　　　　　　　　　　　　　　　　　　　　　　　　　　草草

訂　貨　單

號碼	商品名稱	數量	單價 大阪運費保費在內價	金額
CH 12	10尺×7分竹片100支裝	1,000 捆	U.S. $ 5.40	U.S. $ 5,400
CH 13	10尺×4分竹片400支裝	1,000 捆	U.S. $13.50	U.S. $13,500
	合計	2,000 捆		U.S. $18,900

　　　　　　　　　　　　　　　　　　　　　　　　　　　以上

1982年7月10日

中華貿易有限公司

　　貿易部　　御中

大阪商事株式会社

貿易部　岡山光夫

L/c取組のお知らせ

前略　6月12日付貴書中貿第6803号で、ご恵送の青竹見本に対する得意先①の評判はわるくありません。それで、まず10,000本だけ注文します。

　L/cは7月9日付、No.225984 、金額US$24,000で、大阪銀行より台湾銀行あてにopen しましたから、よろしくご配慮②ください。

　荷物積出しと同時に、B/L③を急いでお送り願います。

　とりあえず、L/c取組のお知らせまで　　　　　　　　　草々

文例19　L/c（信用狀）開設之通知

【 註釋 】

①得意先：（名）主顧，顧客

②配慮：（名）關懷，關照，照料　例：ご配慮に預かってありがとうござい

　　　　ます／多蒙您關照謝謝

③B／L：Bill of Lading　提貨單，藏貨證券（請看第5章）

開設L/c（信用狀）的通知

前略　對於隨6月12日發中貿第6803號尊函，惠寄的青竹樣本，敝

公司顧客的批評不錯。因此，首次只訂購10,000支。

　　信用狀的日期是7月9日開，號碼是225984，金額24,000美

元，已由大阪銀行向台灣銀行開出，請多關照。

　　在裝出貨物同時則立卽惠寄提貨單。

　　先此通知L/c的開立

　　　　　　　　　　　　　　　　　　　　　　　　　　　草草

文例20　L/C（信用状）受領のお礼と報告

中貿第6809号

1982年7月17日

大阪商事株式会社

　貿易部長　　岡山光夫　様

中華貿易有限公司

貿易部　張東亮　拝

L/C拝受のお礼とご報告

拝復　いつも格別のご高配にあずかり、心から感謝いたします。

　さて、青竹10,000本分①のL/C No.225984、金額U.S.$ 24,000、

本日②台銀よりたしかに受領しました。厚くお礼申します。

　来たる7月29日基隆出帆の第五大洋丸で、積出す予定です。品

物は見本よりも良いです。B/L はまちがい③なく急送いたします。

　まずはお礼かたがた④ご報告まで　　　　　　　　　　敬具

文例２０　接獲 L/c（信用狀）之致謝及報告

【 註釋 】

①分：（名）分，份兒，部份　例：君の分は取ってある／你的份兒留出來了

②本日：（名・副）〔 文 〕本日，今天（＝きょう）　例：この切符は本日限
　　　　り有效です／此票限於本日有效。

③まちがい：（名）不確實，不準確　例：明日までにまちがいなく仕上げる
　　　　　／明天一定完成

④かたがた：（接）順便，同時　例：散步かたがた彼を訪問した／在散步時
　　　　　順便拜訪了他

受領 L/c 之致謝和報告

敬覆者　經常承蒙格外的關照，由衷地感謝。

　　青竹10,000 支部份的 L/c，號碼225984，金額24,000 美元，
今天已確由台銀收到了。謹致深謝。

　　敝公司預定於以 7 月 29 日基隆出港的第五大洋丸，裝出。貨物品
質比樣品好得多。B/L（ 提貨單 ）則一定立卽寄出。

　　耑此道謝及 告知　　　　　　　　　　　　　　　　　　　　謹啟

文例21　改善要求の注文状

大商貿第5404号

1982.7.25

中華貿易有限公司

　　貿易部　　御中

大阪商事株式会社

貿易部　斉藤二郎　拝

ご注文と改善されたいこと

前略　8月31日期日の½cにて、下記のとおり注文いたします。

品名	規格	数量	単価	金額
垣根竹	10尺×6.5分　80入	1,000束	C.I.F. OSAKA US$ 8.40	US$8,400
野菜竹	8尺×6分　100入	1,000束	US$ 6.75	US$6,750
	合計	2,000束		US$15,150

但し、改善していただき①たいこと：

1 今までの垣根竹は、5.5分しかありませんので、6.5分にして80本入れてください。

2 分割積み②しないこと。又大阪港直航の船につんでください。

3 垣根竹は雨にぬれる③と、商品価値をおとすので、絶対にぬらさ④ないよう注意すること。又波にかから⑤ないよう船中につみこんでください。

なにとぞよろしくご配慮ねがいます　　　　　草々

文例21　要求改善之訂貨信

【 註釋 】

①いただく：（補動・五）「もらう」的敬語　例：もう一度説明していただきたく存じます／想請您再說明一次

②分割積み：（名）分批裝運

③ぬれる：（自下一）潤濕，沾濕　例：雨にぬれる／被雨淋濕

④ぬらす：（他五）沾濕，潤濕　例：着物を濡してはいけない／不要把衣服弄濕了

⑤かかる：（自五）落上，（水等）淋上，濺上

訂貨與希望改善的事

前略　以8月31日期限的½c，向您訂貨如下列：

商品名	規　格	數量	單價 C.I.F. 大阪	金額
籬笆竹	10尺×6.5分	80支裝1,000捆	U.S.$8.40	U.S.$8,400
蔬菜竹	8尺× 6 分	100支裝1,000捆	U.S.$6.75	U.S.$6,750
		合計2,000捆		U.S.$15,150

但是，請貴公司改善以下幾點：

1. 到現在，送來的籬笆竹，祇有5.5分，故必須裝出6.5分的，並且每捆請裝80支。

2. 避免分批裝運。又請裝載於直航大阪港的輪船。

3. 若籬笆竹被雨淋濕，則貶低商品價值，因此須注意絕不要把它弄濕。又請裝進於船艙內以免被波浪淋濕。

　　請多關照　　　　　　　　　　　　　　　　　　草草

中貿第6810号

1982.7.30

大阪商事株式会社

　　　貿易部　　御中

　　　　　　　　　　中華貿易有限公司

　　　　　　　　　　貿易部　何年卿　拝

ご注文の承諾と改善のお約束

①

拝復　盛夏の候②皆々さまにはいよいよご健勝③のことと推察いた

します。

　さて、7月25日付貴書大商貿第5404号、計2,000束US$15,150

のご注文ありがたく拝受しました。

　今まであれこれ④とご迷惑⑤をおかけしまして、まことに申しわ

けありません。

　ご指示の3点、必ずご満足いただけますよう、改善に努力いたし

ます。船積日時、船名などは後便⑥にゆずります。

　まずは、ご注文のお礼とおわびまで。　　　　　　　　　　敬具

同封：契約書　1通

文例２２　要求改善之訂貨承諾

【 註釋 】

①約束（ヤクソク）：（名）約，約會，約定，規則

②盛夏（セイカ）：（名）〔 文 〕盛夏，炎暑（＝真夏（まなつ））

　　　　　　　例：盛夏の候（コウ）／盛夏季節，7月份的季節問候語

③健勝（ケンショウ）：（形動）〔 文 〕健康，壯健

④あれこれ：（副）這個那個，種種（＝あれやこれや、いろいろ）

⑤迷惑（メイワク）：（名）麻煩，打擾　　例：他人に迷惑（メイ　ニン）をかける／給別人添麻煩，打擾

　　　　　別人

⑥後便（コウビン）：（名）下回的信，下次郵寄

訂貨之承諾與改善之約定

敬覆者　于此盛夏季節，獲悉各位尊體更健康至感欣慰。

　　由7月25日發大商貿第5404號貴函，2,000捆，15,150美元
的訂貨，敝公司已接到，謝謝您。

　　到現在，給您添了種種麻煩，實在抱歉。

　　貴指示之三點，我們一定盡力改善，以達成令您滿意的情況。至
於裝船日期‧時間及船名等，將於下函奉告。

　　耑此致謝及致歉　　　　　　　　　　　　　　　　謹啟
附件：契約合同　1份

文例23 値下げの依頼

矢竹第2639号

1981年10月25日

中華貿易有限公司

　　　貿易部　　御中

矢野竹材株式会社

矢野正一　拝

新価格表ご送付のお願い

拝啓　貴社ますますご隆昌のこととお喜び申します。

　さて、先日①御社社長さんご来阪の折、注文いたしましたBamboo （Waritake ）の契約書、ここに同封しましたから、1部署名捺印②してご返送ください。

　最近ほか③のShipper④からの見積書を見ると、多少安くなっております。12月、1月の輸入計画をたて⑤たいので、本状⑥着きしだい⑦、New Price Listをご送付ねがいます。

　まずは、とり急ぎご用件⑧のみ　　　　　　　　　　　　　敬具

同封：　契約書　　3部

・84・

文例23 減價之請求

【 註釋 】

①先日：（名）前幾天，前些日子（＝せんだって、このあいだ）

②署名する：（自サ）簽名；捺印する：（自サ）蓋章

③ほか：（名）另，別，他，外

　　　　例：これは外の人の帽子だ／這是別人的帽子

④Shipper ：（名）船主，進出口業者

⑤たてる：（他下一）訂立，製定，起草　　例：計画を立てる／定計劃

⑥本状：此書信

⑦しだい：（接助）馬上，立刻，（一俟）就，便（＝……や否や）

　　　　例：見本はご一報しだいお送り申します／樣品函索即寄

⑧用件：（名）（應辦的）事，事情（＝ようじ）

請寄出新價目表

敬啟者　祝賀貴公司業務愈趨繁榮。

　　信內附上前幾天貴公司董事長蒞阪之際，訂購竹片的合約，其中一張請簽名蓋章之後寄回來。

　　最近，由其他貿易商的報價單，可以看出價錢稍微下跌。因敝方想製定12月・1月份的進口計劃，本書信一到，請即送新價目表為荷。

　　匆忙祇託要事　　　　　　　　　　　　　　　　　　謹啟

附件：合約　三張

中貿第6811号

1981年10月31日

矢野竹材株式会社
　　　矢野正一　様

中華貿易有限公司

張東亮　拝

値下げできないことについて

拝復　毎々ひとかたならない①お引立を賜わり、厚くお礼申します。
　10月25日付貴矢竹第2639号と契約書3部いただきました。1
部サインしたものを同封いたします。ご査収ください。
　お便り②のなかに、ほかの業者の値段が安くなっているから、
New Price Listを出してほしいとありますが、今のところ決し
て値下げの新価格をどこにもofferしていません。これは恐らく③
御社の市場状況に対する一寸した誤解ではないかと拝察いたしてお

ります。
　ご高承のように④、9月中に花蓮から、台風に倒された竹とバナ
ナ支柱をとった残り竹で割ったものが、たくさん積出されました。
　こういう低級品でもなければ、外国需要の増加しつつある昨今⑤、
竹材価格の値下がりなど⑥、絶対にありえない⑦ことです。弊社は
いつでも⑧上質品を合理的なプライスで供給することを営業方針と

文例２４　對於請求減價之拒絕

【 註釋 】

①ひとかたならない：（ 形 ）非常的，格外的，特別的　例：一方ならないお
　　　　　世話になりました／蒙您格外關照
②便り：（ 名 ）信，音信，消息（ ＝音信，てがみ ）
③恐らく：（ 副 ）〔 文 〕恐怕，大概，或許　例：恐らくそれは本当でしょう
　　　　　／大概那是眞的
④高承：（ 名 ）「承知」的敬語　例：ご高承のとおり／如您（ 們 ）所知
⑤昨今：（ 名・副 ）近來，最近（ ＝近ごろ ）
⑥など：（ 修助 ）（ 許多事物中只舉出一件最重要的來說 ）云云
⑦ありうる：（ 自下二 ）〔 文 〕可能有，可能，否定形「ありえない」
　　　　　例：そんなことはあり得ない／那是不可能的事
⑧いつでも：（ 副 ）經常，總是（ ＝つねに、いつも ）
⑨納得：（ 他サ ）理解，領會，同意，認可
⑩切に：（ 副 ）熱切，一再（ ＝ねんごろに、ぜひ ）
⑪一済：（ 造語 ）表示已完的意思

關於無法減價之事

敬覆者　每次賜予格外的照顧，謹致深謝。

　　10月25日發矢竹第2639號貴函與合約3張，已受領了。信內附上已簽名的1張。請查收。

　　您信上說，因別的業者的價錢，業已下跌，希望敝方提出新價目表，但目前我們並沒向任何顧客提供減價的新價格。我想，恐怕這是不是貴公司對市場情況的一些誤會？

　　如您們所知，9月中由花蓮裝出了很多被颱風吹倒的竹材，和以香蕉支柱用剩的竹，做的竹片。

しております。どうぞ、いま一度仔細に他社のものとご比較してく
ださい。必ずご納得⑨いただけることと確信しております。

　ひきつづき、ご用命くださることを切に⑩お願いいたします。

　とりあえず、契約書ご返送とご説明まで　　　　　　　敬具

同封：サイン済⑪契約書　　　1部

假使不是此種低級品，國外需求逐漸增加的最近，什麼竹材價格的跌落云云，是絕不可能的事。敝公司總是以合理價格，供應質優品為營業方針。

請您再次仔細地跟他公司比較看看。

我們深信您一定會了解。

懇託貴公司繼續賜予惠顧。

匆此寄回合約及說明　　　　　　　　　　　　謹啟

附件：已簽名合約　　1張

文例25　市況報告と値上げの通知

中貿第6812号

1982年9月20日

名古屋竹材株式会社　　御中

中華貿易有限公司

張東亮　拝

割竹新価格のお知らせ

拝啓　毎度格別のご愛顧①をいただき、心から感謝しております。

実は、だいぶ前から各地のメーカー②が異口同音に③割竹及び各種竹材の値上げを通知してきております。メーカーたちはその理由として、物価高④の影きょうと工賃⑤の値上がり、さらに国際市場の需要急増で、生産量の不足をあげております。

弊社としては、ほかのサービス⑥をよりよくして生産者たちの値上げの％を低くする一方、当方の利潤も多少けずる⑦ことに決定しました。それでも⑧最低30％の調整はどうしても避けられない状況となりました。

どうか、このような事情⑨をご賢察⑩くださって、この難関を共に克服できるようご努力・ご支援を切望し⑪てやみません。

それで、来たる10月1日より下記のNew Priceになりますから、ご高承ねがいます。

おわりに、倍旧のお引立くださるよう、幾重にも⑫お願いいたし

文例25　市況報告與漲價通知

【註釋】

①愛顧：（名）〔文〕惠顧，賜顧，栽培

②メーカー：maker（名）製造者，廠商

③異口同音に：（副）異口同聲地　例：異口同音にほめる／異口同聲地誇獎

④物価高：（名）物價貴，高物價

⑤工賃：（名）工錢，工資　例：工賃を上げる／提高工資

⑥サービス：service（名）服務，效勞，招待，侍候

⑦けずる：（他五）削減

　　　　　　例：あの店はサービスがよい／那家商店服務態度好

⑧それでも：（接）雖然那樣，儘管如此（＝それにもかかわらず）

⑨事情：（名）情形，情況，情勢，實情，內情

⑩賢察：（他サ）〔文〕洞察，明鑒

⑪切望する：（他サ）渴望，切盼

⑫幾重にも：（副）深深地，懇切地（＝ひたすら）

竹片新價格的通知

敬啟者　每次賜予格外的惠顧，衷心感謝。

　　說實在，很久以前，各地區生產者業已異口同聲地通知敝公司竹片以及各種竹材的漲價。生產者們以舉出高物價的影響、工資上漲以及國際市場的需求遽增所引起的生產量不足等等，為其漲價之理由。

　　敝公司已決定，一方面做更好的別的服務，因而抑低生產者們的漲價幅度，另一方面稍微削減敝方的利潤。儘管如此，畢竟最低30％的調整，是怎麼也無法避免的情況。

　　請貴公司洞察這樣的實情。殷切盼您給予支援，並與我們共同努力而能克服此難關。

ます。　　　　　　　　　　　　　　　　　　　　　　　　敬具

き
記

ばん ごう 番 号	ひんめい 品名	き かく 規 格	きゅう か かく 旧価格	しん 新価格
			C & F Nagoya	
CH 12	Waritake	291^{cm}×7分 100本入	US$7.20	US$9.30
CH 13	〃	78^{cm}×6分 400本入	US$5.70	US$7.35

いじょう
以上

因此，自10月1日起，改以下列新價格供應，敬請知照。

最後，懇切地拜託貴公司賜予加倍照顧。　　　　　　　　　　謹啟

記

號碼	品名	規　　格	舊價格	新價格
			名古屋運費在內價	
CH 12	竹片	291 公分 × 7 分　100 支裝	U.S. $7.20	U.S. $9.30
CH 13	竹片	78 公分 × 6 分　400 支裝	U.S. $5.70	U.S. $7.35

以上

文例26　値上げ通知に対する交渉

1982.9.27

中華貿易有限公司

貿易部長　張東亮　様

名古屋竹材株式会社

本間孝一　拝

割竹新価格の実施日について

拝復　貴公司ますますご繁栄のこととお喜び申します。

　さて、9月20日付貴中貿第6812号、拝読いたしました。値上がりのやむをえない①事情はよく分かりましたが、調整の巾②がわりに③大きいので、ちょっと困っているところです。

　それにしても④、小社の½12月31日までopenしている分の割竹は、契約どおりのプライスで、決済⑤させていただくのが適当ではないかと存じます。ほかのShipperにも同様の申し入れ⑥をしたら、ご承諾してくださいました。

　勿論⑦新契約の場合は、新値段にて、少しも異存⑧はありません。

　まずは、とり急ぎお願いまで　　　　　　　　　　　敬具

文例２６　對於漲價通知的接洽

【 註釋 】

①やむ：（自五）已　例：已むをえない／不得已
②巾：（名）寬，幅度
③わりに：（副）（＝割合に）比較地　例：わりにうまく行く／比較順利
④それにしても：話雖如此，即便是那樣，儘管那樣
⑤決済：（他サ）清賬，付清　例：その勘定はまだ決済になっていない／那
　　　　筆賬還没有清
⑥申し入れ：（名）提議，提出意見，提出希望
⑦勿論：（副）不用說，不待言，當然（＝いうまでもなく）
⑧異存：（名）異議，不同意見

關於竹片新價格的實施日期

敬覆者　獲悉貴公司業務益趨繁榮至為欣慰。

　　在９月20日發，中貿第6812號貴函，業已拜讀。我們已經很了
解漲價不得已的情況，但因調整幅度較大，正稍感困惑。

　　儘管如此，敝公司的½到12月31日止開設部份的竹片，我們認
為照合約上的價格給予清賬，才較妥當。向其他進出口業者，也提出
了同樣的希望，都被接受了。

　　當然新訂合約時，適用新價格，毫無異議。

　　匆此懇託　　　　　　　　　　　　　　　　　　　　謹啟

文例27　新輸入先の紹介

中華貿易有限公司

　　貿易部　　御中

名古屋竹材株式会社

本間次郎　拝

新仕入先①田中竹材店のご紹介

拝啓　炎暑の候、各位にはいよいよご健勝のことと拝察いたします。

平素②格別のご高配にあずかり、心からお礼申します。

　さて、大阪の友人田中竹材店（営業所：大阪府大東市水野、Te1：大阪（06）－522－1554 をご紹介します。田中氏③はずっと矢野竹材K.K.より割竹を仕入れていましたが、最近セールス④の増加にともない⑤、自分で直接御社より輸入したいといっております。取引量はあまり⑥多くないと思うので、Price は少し高めでもよいでしょう。それでも1か月おきに⑦、1,000束もらうといっています。信用は確実です。C.I.F.OSAKA でオファーしてあげてください。

　まずは、新得意先のご紹介まで　　　　　　　　　　　　　敬具

文例27　新進口商之介紹

【註釋】
①仕入先（シいれさき）：（名）批發商，購買客戶
②平素（ヘイソ）：（副）平常，素日
③氏（シ）：（接尾）附在姓下表示敬意　例：山田氏（やまだシ）／山田先生
④セールス：sales（名）售貨，銷售，推銷
⑤ともなう：（自五）伴同，隨　例：科学の進歩に伴い（カガクのシンポにともない）／隨着科學的進步
⑥あまり：（副）（不）怎樣（＝たいして，それほど）
　　　　例：あまり立派（リッパ）ではない／不怎樣漂亮
⑦一おき：（接尾）（常接於數量詞下，作副詞用）每隔
　　　　例：一日おきに風呂に入る（イチニチおきにフロにはいる）／每隔一天洗澡

新購買客戶田中竹材店的介紹

敬啟者　炎暑季節，各位益發健康可欣可賀。

　　平素承蒙格外的照顧，衷心申謝。

　　在此向貴公司介紹大阪的朋友：田中竹材店（營業處：大阪府大東市水野；電話：大阪（06）－522－1554）。田中先生一直由矢野竹材株式會社購進竹片，但最近隨着銷售量的增加，他想自己直接由貴公司進口。

　　我想，交易數量不怎樣多，所以價錢可算高一些。儘管如此，他又表示每隔月購買1,000捆左右。信用可靠。

　　請以C.I.F.大阪作價為荷。

　　耑此介紹新顧客　　　　　　　　　　　　　　　　　　謹啟

中貿第6813号

1982年2月15日

東京物産株式会社

山本宏様

中華貿易有限公司

呉林秀菊　拝

至急 L/c open のお願い

拝啓　御社ますますご発展のことと存じます。

　さて、先日お手紙で割箸① 50 万本を至急製作するようにとのこ

とでしたので、さっそくProforma Invoiceをご送付しましたが、

まだそのL/cを受取っておりません。いかが②なさっ③たもの④でし

ょうか⑤。L/cが来ないと、作らせるわけにもいきませんので、この

点ご了承くださいませ。

　L/c入手⑥しだい、1か月以内に積出します。また割箸の月産は約

200万本ですから、どうぞsalesに努力してみてください。

　まずは、とりいそぎL/c open のお願いまで　　　　　かしこ

文例２８　L/c（信用狀）開設之催促

【 註釋 】

①割箸：（名）（用時劈爲兩隻的）木筷子

②いかが：（副）〔 文 〕如何，怎麼樣，「どう」的客套語　例：きょうはご
気分は如何ですか／（探病時）您今天覺得怎麼樣？

③なさる：（他五）「なす、する」的敬語，爲，做。
いかがなさった＝「どうした」的敬語

④もの：形式名詞，無意義

⑤でしょうか：「ですか」的客套問法

⑥入手：（他サ）取得　例：珍しい物を入手した／得到了一件珍貴東西

即開 L/c 之懇求

敬啓者　敬悉貴公司事業愈趨發展，可喜可賀。

　　前些日子，因貴函請求敝方立即製作木筷子 50 萬雙，故即寄了
估價發票，可是尚未接獲其 L/c。不知貴意如何？

　　要是 L/c 未開，我們也無法讓生產者製作，請您了解這點。

　　俟 L/c 到達後，將在 1 個月以內裝出。再說，木筷子的月產量是大
約 200 萬雙左右，因此請多努力於推銷吧。

　　匆此託開 L/c　　　　　　　　　　　　　　　　　　　　　謹此

中貿第6814号

1982年9月24日

名古屋竹材株式会社

　　本間孝一　様

　　　　　　　　　中華貿易有限公司

　　　　　　　　　張東亮　拝

　　　　L/c期限延期のアメンド①お願い

拝啓　朝夕涼しくなって、だいぶしのぎ②よくなりました。毎度特別のお引立くださり、ありがたく存じます。

　さて、9月8日万隆丸で積出しましたWaritake 1,000束いかがでしたでしょうか。残り1,000束、品物はできているのですが、直航③船がないので、どうすることもできません。月末L/cの期限が切れ④ます。手数⑤をおかけしてすみませんが、大至急アメンドをくださるよう、お願いいたします。

　船ありしだい、積出します。

　とりあえず、L/c期日延期のお願いまで　　　　　敬具

同封：L/c期限アメンドのコピー⑥　　　1部

文例２９　L/C期限修正延期之委託

【 註釋 】

①アメンド：amendment 之略稱，（名）修正

②しのぐ：（他五）忍耐，忍受（＝たえる、しのぶ）　例：暑さもしのぎよくなった／酷暑也消退了，炎熱的天氣也涼爽起來了

③直航：（名）〔 文 〕（船舶）直達　例：この船は横浜へ直航する／這隻船直達橫濱

④切れる：（自下一）（期限）屆滿

⑤手数：（名）手續，麻煩（＝てかず、めんどう）　例：お手数をかけてすみません／麻煩您對不起

⑥コピー：copy（名）抄本，副本，原稿，底稿

L/C期限修正延期之請求

敬啟者　早晚天氣已轉涼，變得舒適多了。每次賜予特別的照顧，謹此致謝。

　　9月8日以萬隆丸裝運的竹片1,000捆，其品質等覺得怎麼樣？剩餘1,000捆，貨品已準備好，但因無直達船，仍毫無辦法。月底L/C的期限，將會屆滿。麻煩您對不起，請趕快給予L/C修正為荷。

　　一有輪船，則即刻運出。

　　耑此拜託延長L/C期限　　　　　　　　　　　　　　　　謹啟

附件：L/C期限修正的原稿　1 份

大商貿第5405号

1982.8.5

中華貿易有限公司
　　貿易部　　御中

大阪商事株式会社

貿易部　斉藤二郎　拝

⅟c金額アメンドのお知らせ

前略　弊大商貿第5404号にてご注文の垣根竹・野菜竹、各400束ずつ①追加注文いたします。8月31日期日の⅟c No.L135092、金額US$15,150ですが、この追加注文額US$6,060を加える②とUS$21,210になります。きょう東京銀行大阪支店へ手続をすま③しました。⅟cアメンドのcopy同封します。ご査収ください。

　　積出したら、船積書類④ご急送ねがいます。

とりいそぎ、⅟c増額のご通知まで

草々

同封：⅟c金額アメンドのcopy　　1部

文例 30 追加訂購與 L/c 金額修正之通知

【 註釋 】

①一ずつ：（接尾）接在表示數量的單詞後面，表示均攤的意思

例：一人に三つずつ分ける／分給每人各三個

一人百万円ずつ出資する／每人各投資壹佰萬元

②加える：（他下一）加，添，增加　例：僕を加えて十八人だ／加上我十八

個人

③すます：（他五）弄完，辦完　例：用事を済まして安心した／把事情辦完

安心了

④船積：（名）（往船上）裝貨，裝船；

書類：（名）文件；船積書類（ = shipping documents ）

L/c 金額修正之通知

前略　以大商貿第 5404 號敝函，向貴公司訂購的籬笆竹‧蔬菜竹，

茲再追加訂貨各 400 捆‧8月31日期限之 L/c No. L 135092 其金額

是 15,150 美元，但加上此追加訂貨金額 6,060 美元，就成爲 21,210

美元。今天已向東京銀行大阪支店辦好了手續。

信內附上 L/c 修正的副本。請查收。

裝運後，煩您卽寄船運單據。

匆此通知 L/c 增額　　　　　　　　　　　　　　　　　　草草

附件：L/c 金額修正之副本　1份

文例31 1/cの海上保険条件修正の依頼

中貿第6815号

1982.8.16

大阪商事株式会社

　　貿　易　部　御中

中華貿易有限公司

何年卿　拝

海上保険条件アメンドのお願い

拝復　貴1/c No. L135092、アメンド後の金額U.S.$ 21,210、たしかに拝受しました。ありがたくお礼申します。

　ところが①、意外にもこの1/cの海上保険条項②にAll Risks③とありますが、Bambooは従来はF.P.A④でよかったのです。保険会社では、BambooはAll Risksでは受けつけて⑤くれませんから、この条項をケーブル⑥でF.P.Aにアメンドして、急いでお送りください。そうでないと、銀行で手形割引⑦できません。

　とりあえず、保険条項アメンドのお願いまで　　　　　敬具

文例31 ½c的水險條件修正之委託

【註釋】

①ところが：（接）可是，不過（＝しかるに）
　　　　　例：新聞は軽くあつかっていた。所がこれは大事件なのだ／報

　　　　紙沒有作爲重要消息來登載，不過這是一件大事。

②条項：（名）條款，項目

③All Risks：全險，擔保一切危險（請參看第5章）

④F.P.A.：Free from Particular Average 之略，單獨海損不賠
　　　　償（請看第5章）

⑤受けつける：（他下一）收，接受，受理

⑥ケーブル：cable 海底電報

⑦手形割引：（名）票據貼現

水險條件修正之請求

敬覆者　貴½c No.L 135092，修正後之金額 21,210 美元，確已收
到了。謹致深謝。

　　然而，不料，此½c的海上保險條款，竟爲擔保一切危險，但Bam-
boo（竹），從來一直是單獨海損不賠償就可以。

　　因保險公司不受理竹的全險，請貴公司將此條款用電報修正爲單
獨海損不賠償，而立即予以惠送。不然的話，將無法向銀行票據貼現。

　　匆此懇求修正保險條款
　　　　　　　　　　　　　　　　　　　　　　　　　　　　謹啟

文例32 ½ キャンセルの依頼

中貿第6816号

1982.8.20

神戸竹材株式会社　御中

中華貿易有限公司

貿　易　部

貴½キャンセル①のお願い

　拝啓　御社ますますご発展のことと存じます。

　さて、神戸銀行よりオープンの貴½ No.258679、金額＄7,740、ありがたく拝受しました。しかし、Waritakeは貴信用状記載のプライスでは、どうしてもお引受できないのです。それで、まことに②恐れ入り③ますが、この½を利用し④て、割竹の代りに野菜竹を積出そうと思いますが、どうでしょうか。もし、できなければ、½ キャンセルの手続をとってください。

　どうか、折返しご返事をねがいます。

敬具

· 106 ·

文例32 ¹/c取消之委託

【註釋】。

①キャンセル：cancel取消　例：彼は注文をキャンセルした／他取消了訂貨

②まことに：（副）眞，實在，誠然，的確　例：誠に困ります／實在爲難；誠に申しわけありません／實在抱歉

③恐れ入る：（自五）惶恐，不好意思，對不起　例：恐れ入りますが鉛筆を貸して下さい／對不起，把鉛筆借我用一下

④利用する：（他サ）利用　例：廃物を利用する／利用廢物

貴¹/c取消之請求

敬啓者　獲悉貴公司業務愈趨發展，至感欣慰。

由神戶銀行開設的貴¹/c No。258679，其金額7,740美元，已經收到。謝謝您。但，依貴信用狀上所記載的竹片的價格，無論如何敝方也是無法接受的。因此，眞對不起，可否藉此¹/c，想擬裝出蔬菜竹以代替竹片，不知貴意如何？若是不能，請您辦理取消¹/c之手續。

特此懇求立卽回覆　　　　　　　　　　　　　　　　　謹啓

1982年8月31日

中華貿易有限公司

　　　貿　易　部　御中

神戸竹材株式会社

　　　　　弊Ｌ/ｃ No.258679　キャンセルについて

拝復　貴公司いよいよご繁栄のこととお喜び申します。

　さて、8月20日付貴書拝見しました。下記のようにお返事いたします。

(1)このＬ/ｃを利用して、野菜竹を積みだしても、品目①がちがうので、日本の税関でとおしてくれません。

(2)ご存じ②のように、Ｌ/ｃのオープンには通産省③の承認がいります。そして、Ｌ/ｃ開設後積みだせない品物に対しては、以後、通産省の許可がなかなか④とれないことになります。こうなると、今後の取引に影きょうします。

　以上の二つの理由で、ご発送くださるよう、重ねて⑤お願い申します。

　もし⑥、ご承諾できなければ、これも、しかた⑦ありません。このＬ/ｃを、台湾銀行から神戸銀行外国為替⑧課あて⑨に返送するよう手続をとってください。

　では、とりいそぎ、Ｌ/ｃキャンセルにつき再考慮のお願いまで。

　　　　　　　　　　　　　敬具

文例33 對 L/C 取消委託之接洽

【註釋】

①品目：（名）〔文〕物品種類，品種

②存じ：（名）知道，了解　例：ご存じのように／如您（們）所知

③通産省：（名）「通商産業省」（掌管商業、貿易、輕重工業等）之略稱

④なかなか：（副）（下接否定語）輕易，容易，簡單
　　　　　例：なかなか怒らない／不輕易生氣

⑤重ねて：（副）再一次，重複　例：重ねてお目にかかりましょう／我將
　　　　　再一次前來拜訪

⑥もし：（副）如果，假使，萬一（＝かりに、まんいち）

⑦しかた：（名）方法，辦法　例：仕方がない／沒有辦法；沒有用處

⑧外国為替：（名）國外滙兌，外滙

⑨ーあて：（接尾）（寄，送，滙……）給　例：この手紙は私あてのもの
　　　　　ではない／這封信不是寄給我的

關於敝 L/C No.258679 之取消

敬覆者　敬悉貴公司事業更益繁榮，可喜可賀。

　　8月20日寄出貴函業已拜悉。茲向您答覆如下：

(1)即使利用此 L/C，運出蔬菜竹，因品種不符，日本海關也不准它通過。

(2)如您們所知，L/C 之開設，須取得通商產業省之認可。而對於 L/C 開設
　以後無法裝出的貨物，此後獲取通產省之許可，將頗不容易。這麼
　一來，當然會影響彼此今後的交易。

　　基於上列二個理由，敝方再次懇求您予以惠送。

　　萬一，貴方不能給予允諾，這也是沒辦法的事。請您將此 L/C 由台
灣銀行滙寄給神戶銀行外滙課辦理手續。

　　匆此拜託您再考慮 L/C 取消之事　　　　　　　　　　　謹啟

文例34　産地証明書（Certificate of Origin）送付の通知

中貿第6817号

1981.11.10

矢野竹材株式会社　御中

中華貿易有限公司

貿　易　部

産地証明書のご送付

　拝啓　毎度格別のごひいき①にあずかり、ありがとうございます。
　さて、ご依頼の経済部の産地証明書、同封してお送りします。ご
査収ください。話によれば②、日本ではこの産地証明があれば、税
金がいらないそうです。
　次のOrder　はいつ③になりますか。品物はいかがでしたか。な
にか④手落ち⑤のところがありましたら、どうぞ遠慮⑥なくご指示
ねがいます。
　まずは、産地証明ご送付まで　　　　　　　　　　　　　　敬具
同封：割竹産地証明書　　　1部

文例34 產地證明書寄發之通知

【註釋】

①ひいき：（名）眷顧，照顧，提拔

　　　　例：ひいきにあずかる／承蒙眷顧（提拔）

②話によれば：據說，聽說

③いつ：（副）何時，幾時，什麼時候　例：何時卒業ですか／什麼時候畢業？

④なにか：（不定稱代名詞）什麼　例：何かご用ですか／您有什麼事嗎？

⑤手落ち：（名）過失，過錯　例：それは私の手落ちだ／那是我的過錯

⑥遠慮：（名）客氣　例：遠慮なく言う／不客氣地講

產地證明書之寄出

敬啟者　每次承蒙格外的照顧，非常感謝。

　　貴公司委託申請的經濟部所發產地證明書，於信內附上寄出。請查收。據說，在日本，附有產地證明的，就可享免稅。

　　下次訂貨何時？此次貨物，其品質等怎樣？假如有什麼服務不週之處，請您不客氣地賜予指教。

　　耑此發出產地證明　　　　　　　　　　　　　　　　謹啟

附件：竹片產地證明書　１份

文例35　船積みの連絡

中貿第6818号

1981.11.13

矢野竹材株式会社　御中

中華貿易有限公司

貿　易　部

積出しについてご指示ねがう

拝啓　まいど特別のお引立くださり、ありがとうございます。

　さて、万隆丸の割竹、もうお引取り①のことと存じます。残り4分割500束は、これだけで積出しますか。それとも②次のご注文と一しょに③出しますか。近日中にオーダーをくださるようでしたら、そのときに一度に④出しますが、そうでなければ500束だけ先に発送します。

　まずは、とり急ぎご連絡いたし、ご指示を待っております。

敬具

文例３５　裝船之聯絡

【　註釋　】

①引取り：（名）領取，領回

②それとも：（連語・接）或者，還是（＝或いは）　例：船で行くかそれと
　　　も汽車で行くか／乘船去呢還是乘火車去呢？

③一しょに：（副）一起，一塊兒　例：いっしょに行く／一塊兒去

④一度に：（副）同時，一下子（＝同時に）　例：一度に二つの事はできな
　　　い／同時不能幹兩件事

關於裝運請指示

敬啟者　每次賜予特別的照顧，深深感謝。

　　裝於輪船萬隆丸之竹片，已經領取了吧。剩餘的４分竹片５００捆
，是否要單獨作一批裝運呢？還是跟下次訂貨一塊兒運出呢？倘若，
近日內有訂購貨物的打算，那時一併裝出，不然，就只將５００捆先發
送。

　　匆忙聯繫並俟貴指示　　　　　　　　　　　　　　　　　謹啟

1981.11.25

中華貿易有限公司

　　貿　易　部　御中

　　　　　　　　　　　　矢野竹材株式会社

　　　　　　　　　　　　矢野正一　拝

　　　　　　積出しについてのお願い

前略　11月13日付貴信中貿第6818号、ありがたく拝読しました。
　実は、多忙にまぎれて、うっかり①注文をだすのを忘れていたの
です。もうすでに②、シーズンに入っておりますので、未積出500
束のほかに、7分割・4分割各1,000束ずつ、大至急一しょに船積
みしてください。⅃⁄₆はきょう大阪銀行へ取組みをおわりました。
　では、とりあえずお返事まで　　　　　　　　　　　　　草々
同封：⅃⁄₆No.226894、US$18,900 コピー　　1部

文例３６　對裝船聯絡之答覆

【 註釋 】

　①うっかり：（副）發呆，不注意，不留神，漫不經心

　　　　　例：うっかりしゃべった／無意中説出去了
　②すでに：（副）已經，業已　例：已にやってしまった／已經作完了
　　　　　　　　　　　　　　　　時既に遅し／爲時已晚

關於裝運之懇求

前略　11月13日寄出之中貿第6818號貴函，業已拜讀，謝謝。

　　因爲事務繁忙，無意中忘記了向貴公司發出訂單一事。現在，因爲已經進入銷售旺季，故除了未裝出500捆之外，加上7分竹片・4分竹片各1,000捆，請您一同立刻裝船運出。至於⅒　，今天已向大阪銀行開設好了。

　　耑此奉覆　　　　　　　　　　　　　　　　　　　　　　　草草

附件：⅒ No.226894，18,900美元影印本　1份

文例37 船積み出荷の通知

中貿第6819号

1981.12.15

矢野竹材株式会社　御中

中華貿易有限公司

貿 易 部

割竹出荷①のお知らせ

拝啓　まいど格別のご用命をいただき、ありがたく存じます。

　年末も近づき、ますますお忙しいことでしょう。

　さて、11月25日付貴状②ご注文の7分割・4分割各1,000束と

未積出分500束、一しょに今日柏山丸で、花蓮より積出しました。

荷受③書類も別便にてお送りしました。

　なにとぞ、ご査収のうえ、ご一報④ねがいます。

　まずは、割竹出荷のご案内⑤まで

敬具

文例３７　裝船發貨之通知

【 註釋 】
①出荷<small>シュッカ</small>：（名）（用車船）裝出貨物，（往市場）運出貨物
　　　　例：今日<small>きょう</small>は出荷が少<small>すく</small>ない／今天上市的貨少
②貴狀<small>キジョウ</small>：（名）尊函，貴函
③荷受<small>にうけ</small>：（名）收貨，領貨　例：荷受人<small>にうけニン</small>／收貨人
④一報<small>イッポウ</small>：（自サ）通知一下　例：訪日の節はご一報ねがいます／訪日時<small>ホウニチ　セツ</small>，請
　　　　通知（我）一下。
⑤案內<small>アンナイ</small>：（名）通知

裝出竹片之告知

敬啟者　每次承蒙格外的訂貨，非常感謝。

　歲末已迫近，日益忙碌吧。

　以11月25日發貴函，訂購的7分及4分竹片各1,000捆，加上
未運出的500捆，本日一塊兒載於柏山丸，已由花蓮裝出。取貨單據
亦已另函寄出。

　請您檢收並請通知一聲。

　耑此通知竹片發出　　　　　　　　　　　　　　　　謹啟

1981.12.21

中華貿易有限公司

　　貿　易　部　御中

　　　　　　　　　　矢野竹材株式会社

　　　　　　　　　　　矢野正一　拝

　　　　　　着荷①引取のお知らせ

拝復　今年もいよいよおしつまり②、色々③ご多忙のことと拝察いたします。

　さて、花蓮より柏山丸に積みこみの分、本日次のように引取りました。

　　(1)　前回未積出の分：500束

　　(2)　7分割　　　：990束

　　　　4分割　　　：1,000束

以上のとおりです。つまり④、7分割10束少ないのです。次の積出しに、この不足分を補ってくだされば結構です。

　簡単ですが、荷物⑤引取のお返事まで　　　　　　　敬具

文例38　到貨提取之報告

【 註釋 】

①着荷（チャッカ）：（名）〔 文 〕貨物運到，到貨（＝ちゃくに〔 俗 〕）

　　　　　　例：着荷しだいお届け（とど）いたします／貨到即送

②おしつまる：（自五）接近年來　例：いよいよ押詰（おしつ）まってさぞお忙（いそが）しいで

　　　　　　しょう／眼看來到年末，想必很忙吧

③色々（いろいろ）：（副）各種各樣，形形色色（＝しゅじゅ、さまざま）

④つまり：（副）就是說　例：この時代に、つまり戦後の数年間に／在這個

　　　　　　時代，也就是說在戰後的幾年裏

⑤荷物（にもつ）：（名）（運輸，攜帶的）行李，貨物，東西

到貨提取之告知

敬覆者　眼看今年亦來到年末，想必忙於各種事情吧。

　　貴公司由花蓮裝進柏山丸的竹片，本日業已提貨如下：

　　　(1)上次未運出部份：　500 捆

　　　(2) 7　分　竹　片：　990 捆

　　　　4　分　竹　片：1,000 捆

明細如上。亦即 7 分竹片少收 10 捆。下次裝運，如能補送此不足部

分，即可。

　　簡此回覆提貨一事　　　　　　　　　　　　　　謹啟

文例39 船積みの催促

1982年3月12日

中華貿易有限公司

　　　貿　易　部　御中

東京物産株式会社

　　　貿易部　山本宏　拝

トライ・オーダー至急船積みのお願い

拝啓　貴公司ますますご発展のことと存じます。

　さて、1月31日付貴信中貿第6806号にたいし、2月中旬試験注文①いたしましたスッポン1,000kg、まだ船積案内に接しませんが、どうなりましたか。お得意先より数回催促されて、本当に困っております。お客さまの熱②のさめないうちに、売りこま③ないと、折角④のチャンスを逃がす⑤ことになります。

　小生3月25日に東京をたっ⑥て、東南アジア各国を廻り⑦ますので、それまでにご連絡ください。

　まずは、トライ・オーダー急ぎ積出しのお願いまで　　　敬具

文例３９　裝船之催促

【 註釋 】

①試験注文（シケンチュウモン）：（名）試用訂貨，（＝トライ・オーダー，try order ）

②熱（ネツ）：（名）熱情，賣力（＝いきごみ）　例：熱が冷める（さ）／熱情降低，冷淡
　　　　　　下來

③売（う）りこむ：（他五）銷售，推銷　例：この頃（ごろ）は大分（ダイブ）売りこんだ／近來推銷
　　　　　　　　　　了不少

④折角（セッカク）：（形動）特意，好容易，煞費苦心

⑤チャンス：chance 機會

　逃（に）がす：（他五）錯過（機會）　例：チャンスを逃がした／錯過了機會

⑥たつ：（自五）出發　例：桃園（トウェン）を立（た）って東京（トウキョウ）へ行（い）く／從桃園出發去東京

⑦廻（まわ）る：（自五）巡廻，巡視，周遊，遍歷　例：得意先（トクイさき）を廻る／遍訪顧客

試用訂貨立卽裝運之請求

敬啟者　祝貴公司業務必愈趨發展。

　　對於１月３１日發中貿第6806號貴函，２月中旬已經試用訂購的
鱉1,000公斤，至今仍未接到裝船通知，不知究竟如何？已被顧客催
促了幾次，正困惑着。趁客戶的需求熱尚未降低時，而若銷售不進的
話，將會錯過大好的機會。

　　因敝人３月２５日，自東京出發巡廻東南亞各國，請您於本人未
旅行以前，給予聯絡。

　　　於此拜託速送試用訂貨
　　　　　　　　　　　　　　　　　　　　　　　　　　謹啟

文例40　船積み遅延のお詫び

中貿第6820号

1982.3.18

東京物産株式会社

　　山本　宏　様

中華貿易有限公司

貿易部

トライ・オーダー船積み遅延のおわび①

拝復　御社いよいよご隆昌のこととお喜び申します。

　さて、3月12日付貴書ありがたく拝受いたしました。はからず
も②、出荷遅延となり、ご迷惑をおかけして申しわけありません。

　実は、カナダ・アメリカなどのスッポン注文急増による品③不足
と、当社との契約値段の格安④のため、スッポン養殖業者の売り惜
しみ⑤となって、おそくなったわけです。なにとぞ、この事情をご
了承ください。

　やっと⑥昨日基隆出港の金生丸に、1,000kg つみこみましたか
ら、よろしくお手配⑦ねがいます。　　　　　　　　　　　敬具

追申⑧:1 荷受書類別便にてご送付しました。ご査収ください。
　　　2 次回ご注文は、同封見積書のプライスで、お願いいたしま
　　　す。

同封：QUOTATION No.81379　　1通　　　　　　　　以上

文例４０　延遲裝船之致歉

【註釋】

①わび：（名）賠不是，道歉，表示歉意（＝あやまり、しゃざい）

　　　　　例：しきりに詫びを言う／再三賠不是

②はからずも：（副）不料（＝意外にも）　例：はからずも意見が一致する

　　　　　　　／不料想意見一致了

③品：（名）東西，貨品（＝品物）　例：品が切れる／東西賣光了，貨脫銷

　　　了

④格安：（形動）格外價廉，非常便宜　例：格安に売る／格外廉價出售

⑤売り惜しみ：（名）「うりおしむ」的名詞形，（因爲看漲）捨不得賣，惜

　　　　　　　售，不肯賣

⑥やっと：（副）好容易（＝ようやく），勉強　例：やっと汽車にまにあっ

　　　　　た／好歹趕上了火車

⑦手配：（自サ）籌備，安排

⑧追申：（名）〔文〕（＝追啓）（書信用語）再者，又啓者

試用訂貨延遲裝運之道歉

敬覆者　慶賀貴公司業務日益興隆。

　　３月１２發貴函業已收到，謝謝。沒想到，造成延遲發貨，給您
添了麻煩，眞對不起。

　　實在說，也是因加拿大・美國等的驅訂購遽增所引起的缺貨，加
上與敝公司的契約價格格外價廉，結果造成鱉養殖業者的惜售而拖延
迄今。務請貴公司諒解此實情。

　　昨天好容易已把１,０００公斤的鱉裝進由基隆出港的金生丸，請
您妥善安排提貨。　　　　　　　　　　　　　　　　　　　　謹啓

再啓者：１提貨單據已另函寄出。請查收。

　　　　２下次訂貨，請您依信內附上報價單之價格吩咐。

附件：報價單No.81379　　１份　　　　　　　　　　　　以上

ぶんれいよんじゅういち　ふなづ　しょうかいでんぽう
文例41　船積み照会電報

DAIRISEKI TILE ITSU TSUNDAKA SENMEI
ダイリセキ　タイル　イツ　ツンダカ　センメイ
SHIRASE DENPO MATSU　　TOKYO BUSSAN
シラセ　デンポウ　マツ　　　トウキョウ　ブッサン

にちぶん　ダイリセキ　　　　　　　　　　　ツミダ　　　　　　　　　センメイ　シ
日文：大理石タイル①、いつ積出しましたか。船名を知らせてくだ

　　　　　　ヘンジ　　　デンポウ
さい。お返事②の電報をまっています。

　　　　　　　　　　　　　　　　　　　　トウキョウブッサン
　　　　　　　　　　　　　　　　　　　　東京物産株式会社

文例41　裝船照會電報

中譯：大理石瓷磚，何時裝出了？請通知船名。俟您覆電。

　　　　　　　　　　　　　　　　　　　　東京物産株式會社

【 註釋 】
　①タイル：tile （名）花磚，瓷磚
　　ヘンジ
　②返事：（名）回信，回覆

よんじゅうに　　　　　　　　　　　かいとう
文例42　船積み照会への回答電報

DAIRISEKI TILE HUKUKEIMARU TSUMI 5HI
ダイリセキ　タイル　フクケイマル　ツミ　5ヒ
ZE8ZI KAREN TATSU SHINPAI KAKETE SUMANU
ゼ8ジ　カレン　タツ　シンパイ　カケテ　スマヌ
　　　　　　　　　　　　　　　　CHYUKA BOEKI
　　　　　　　　　　　　　　　　チュウカ　ボウエキ

にちぶん　ダイリセキ　　　　　　　いつか　ゴゼン　ジ　カレンしゅっぱん　フクケイマル　ツミコ
日文：大理石タイルは、5日午前8時花蓮出帆の福啓丸に積込みま

　　　　　　シンパイ
した。ご心配①をおかけしてすみませんでした。

　　　　　　　　　　　　　　　　　　チュウカ　ボウエキ
　　　　　　　　　　　　　　　　　　中華貿易有限公司

• 124 •

文例42 對於裝船照會之回電

中譯：大理石瓷磚，已裝於5日上午8時由花蓮出港之福啟丸，運出。

令您操心，非常抱歉　　　中華貿易有限公司

【註釋】

①心配：（名）擔心，憂慮，不安；操心

文例43 L/c開設の通知と船積み催促電報

YASAITAKE1000TABA 6750DL TAIPEI DAIICHIBANK
ヤ サイタケ 1,000 タバ 6,750ドル タイベイ ダイイチ バンク
LC NO CN48163 YAMAZAKI YUSYUTSUNYU DASHITA
LC No. CN48163 ヤマザキ ユ シュツ ニュウ ダシタ
HUNAZUMI ISOGE YOTEI SHIRASE
フ ナヅミ イソゲ ヨテイ シ ラセ

日文：野菜竹1,000束、6,750ドルのL/c No.CN48163、台北の第一

商業銀行あてに、オープンしました。

至急積出してください。船積み予定をお知らせねがいます。

山崎輸出入有限会社

文例43 L/c開設之通知與催促裝船電報

中譯：蔬菜竹1,000捆，6,750美元之L/c No.CN48163，已開給台北第

一商業銀行。

請立即裝出。煩您告知裝船預定日期

山崎輸出入有限會社

文例44　<ruby>L<rt>よんじゅうよん</rt></ruby>/c受領のお礼と船積み予定の通知電報

LC NO CN48163 6750DL 6HI HAIZYU SYASU
LC No. CN48163 ' 6,750ドル 6ヒ ハイジュ シャス

YASAITAKE 1000 TABA 9HI KEELUNG KOWAMARU
ヤサイタケ 1,000 タバ 9ヒ キイルン コウワマル

TSUMU YOTEI GOANSHIN NEGAU CHYUKA BOEKI
ツ ム ヨ テ イ ゴ ア ン シ ン ネ ガ ウ チュウ カ ボ ウ エ キ

日文：¹/c No. CN48163、6,750ドル拝受しました。ありがとうござ
います。野菜竹1,000束は、9日基隆出港の光和丸で積出す
予定ですから、どうぞご安心①ねがいます。

中華貿易有限公司

文例44　致謝接獲 ¹/c 與通知裝船預定電報

中譯：¹/c No. CN48163 ，6,750美元，業已收到。非常感謝。

蔬菜竹1,000捆，預定裝於9日由基隆出港的光和丸運出 ，請

您放心。　　　　　　　　　　　　　中華貿易有限公司

【 註釋 】

①安心：（自サ）安心，放心

文例45　輸出値照会電報

TAIKO HATBODY 100 DOZEN FOB KEELUNG PRICE
タ イ コ ウ ハ ッ ト ボ ディ 100 ダ ー ス FOB キ イ ル ン プ ラ イ ス

SUGU SHIRASE KOBE TAKASAGO
ス グ シ ラ セ コ ウ ベ タ カ サ ゴ

日文：大甲帽体①100ダース、F.O.B.②基隆出しの値段をすぐ知らせ
てください。　　　　　　　　　神戸市 （株）③高砂商行

文例45　出口價照會電報

中譯：大甲帽胎 100 打，基隆港船上交貨價，請立刻告之。

神戶市　株式會社　高砂商行

【 註釋 】

①帽体：（商品名）hat body　帽胎（帽胎是尚未定型的帽子半製品）

②F.O.B.：Free on Board　船上交貨價

③（株）：「株式会社」（＝股份有限公司）之略號

文例46　輸出値オファー電報

TAIKO HATBODY 50 DOZEN SHIKA NAI FOB KEELUNG
タイコウ ハットボディ 50 ダース シカ ナイ FOB キイルン
PRICE ONAZI SHINA KIRERU HAYAKU ORDER TANOMU
ブライス オナジ シナ キレル ハヤク オーダー タノム
TAIPEI IHOBOEKI
タイペイ イホウボウエキ

日文：大甲帽体は、今在庫 50 ダースしかありませんが、F.O.B基
隆渡し値①は、前と同じです。すぐ品切れ②になるから、早
く③注文してください。

台北市　偉峰貿易有限公司

文例46　出口價提出電報

中譯：大甲帽胎，現庫存只有 50 打，但基隆港船上交貨價，照舊不變。

很快地會賣光，故請趁早訂購。

台北市　偉峰貿易有限公司

· 127 ·

【註釋】

①渡し値：（名）交貨價
②品切れ：（名）（貨物）賣光，售罄，無貨
③早く：（副）快，速

参考資料：

商用電報については、第3章でくわしく説明したから、ここでは、くりかえさない。

しかし、中日貿易で使われる電文は、カタカナをローマ字つづりで表わすので、ここに片仮名・ローマ字対照一覧表を参考までにつくってみる。

中譯：有關商用電報，因已在第3章詳述，故在此不重述。

不過，中日貿易上使用的電報文，是以拉丁字母拼音表示片假名，所以下面列出片假名・羅馬字對照一覽表，給予讀者做參考。

ワ	ラ	ヤ	マ	ハ	ナ	タ	サ	カ	ア	片ロ仮ー名マ字
WA	RA	YA	MA	HA	NA	TA	SA	KA	A	
イ	リ	イ	ミ	ヒ	ニ	チ	シ	キ	イ	片
I	RI	I	MI	HI	NI	CHI	SHI	KI	I	ロ
ウ	ル	ユ	ム	フ	ヌ	ツ	ス	ク	ウ	片
U	RU	YU	MU	HU	NU	TSU	SU	KU	U	ロ
エ	レ	エ	メ	ヘ	ネ	テ	セ	ケ	エ	片
E	RE	E	ME	HE	NE	TE	SE	KE	E	ロ
ヲ	ロ	ヨ	モ	ホ	ノ	ト	ソ	コ	オ	片
O	RO	YO	MO	HO	NO	TO	SO	KO	O	ロ

－（音　　　清）

片仮名字マ─ロ	ガ GA	ザ ZA	ダ DA	バ BA	パ PA	ン N
片 / ロ	ギ GI	ジ ZI	ヂ ZI	ビ BI	ピ PI	
片 / ロ	グ GU	ズ ZU	ヅ ZU	ブ BU	プ PU	
片 / ロ	ゲ GE	ゼ ZE	デ DE	ベ BE	ペ PE	
片 / ロ	ゴ GO	ゾ ZO	ド DO	ボ BO	ポ PO	

（音鼻）（半濁音）（音　　　濁）

ピャ PYA	ビャ BYA	ジャ ZYA	ギャ GYA	リャ RYA	ミャ MYA	ヒャ HYA	ニャ NYA	チャ CHYA	シャ SYA	キャ KYA	片 / ロ
ピュ PYU	ビュ BYU	ジュ ZYU	ギュ GYU	リュ RYU	ミュ MYU	ヒュ HYU	ニュ NYU	チュ CHYU	シュ SYU	キュ KYU	片 / ロ
ピョ PYO	ビョ BYO	ジョ ZYO	ギョ GYO	リョ RYO	ミョ MYO	ヒョ HYO	ニョ NYO	チョ CHYO	ショ SYO	キョ KYO	片 / ロ

（音　　　　　　　拗）

文例47　船積み延期の依頼

大商貿第5406号

1982年6月5日

中華貿易有限公司

　　貿　易　部　御中

おおさかしょうじ
大阪商事株式会社

貿　易　部

つみだ　　　　　ねが
積出し延期のお願い

拝啓　毎度格別のご厚情①をたまわり、感謝いたしております。
まいどかくべつ　　こうじょう　　　　　　　かんしゃ

　さて、注文の海苔の支柱10万本、まだ船積み案内が着きません
ちゅうもん　のり　しちゅう　まんぼん　　　　あんない　つ

が、調べ②によると、最近同業各社の輸送中、通関中の輸入数量を
しら　　　　　さいきんどうぎょうかくしゃ　ゆそうちゅう　つうかんちゅう　ゆにゅうすうりょう

合わせると、驚くなかれ③、80万本も入荷④します。しかも、日
あ　　　　　　おどろ　　　　　　　　　　　まんぼん　にゅうか　　　　　　　　　　　に

本はこれから梅雨期に入るので、倉庫に保存すると、カビ⑤の恐れ
ほん　　　　　つゆき　はい　　　　　そうこ　ほぞん　　　　　　　　　おそ

⑥があります。

　それで、この分の船積みを7月上旬まで、延ばしていただけない
ぶん　ふなづ　しちがつじょうじゅん　　の

でしょうか。7月中旬以後は、市場の需要も再上昇すると思います。
ちゅうじゅんいご　　　しじょう　じゅよう　さいじょうしょう　　おも

勝手な⑦お願いかも知れません⑧が、なにとぞよろしくお願い申
かって　　　　　　　し　　　　　　　　　　　　　　　　　ねが　もう

します。

敬具

文例47　延期裝船之委託

【 註釋 】

①厚情：（名）厚情，厚誼　例：ご厚情にあずかり、ありがたくお礼申します／（書信用語）辱承厚誼謹致謝忱

②調べ：（名）調查，審查，檢查　例：調べによると／據調查

③なかれ：（助）〔文〕別，不要（表示禁止之意）
　　　　例：驚く勿れ／不要吃驚

④入荷：（自サ）進貨，到貨，（↔ 出荷）
　　　　例：あす入荷する予定です／預定明日到貨

⑤カビ：（名）霉　例：かびがつく／發霉

⑥おそれ：（名）虞（＝しんぱい）
　　　　　例：おそれがある／有……之虞，恐怕要……

⑦勝手な：（形動）任意，隨便，專斷

⑧かも知れない：（連語・形型）說不定……，也許，也未可知
　　　　　例：雨が降るかも知れない／說不定要下雨，也許下雨

延期裝出之請求

敬啟者　每次賜予格外的厚誼，深爲感謝。

　　敝方訂購的海苔用支桂10萬支，其裝船通知尙未到達，據調查，如果將最近同業各商社的輸運中・通關中之進口數量，合起來，請勿吃驚，就有80萬支之進貨。而且，本地不久將進入梅雨季，因此存放於倉庫，則將有發霉之可能。

　　故將此部分裝運，能否延期到7月上旬？我想7月中旬以後，市場的需求可能會再回升。

　　也許是太隨便的拜託，但仍請您多幫忙。　　　　　　　　　謹啟

文例48　船積み延期の依頼を断わる

中貿第6821号

1982年6月10日

大阪商事株式会社

貿 易 部　御中

中華貿易有限公司

貿 易 部

積出し延期不能について

拝復　まいど格別のお引立をこうむり、厚くお礼申します。

　6月5日付貴書大商貿第5406号、拝見いたしました。ご事情はよく分かりましたが、実はもう20日基隆出港の金台丸にて積出す手配をきょう終えたところです。それで、いまさら①取消変更もできません。また、販売実績のすぐれ②ている御社にとって③、海苔の支柱10万本ぐらい、決してご負担④にはならないと拝察いたします。

　貴意にそいえないことを、大へん残念に思いますが、なにとぞご諒承⑤ください。

敬具

追申：荷受書類別便でご送付、ご査収ねがいます。

文例48　拒絕延期裝船之委託

【註釋】

①いまさら：（副）到了現在，事到如今　例：今更仕方がない／事到如今没
有辦法了

②すぐれる：（自下一）出色，優越，卓越　例：他のものにすぐれている／
比別人（別的東西）優越

③にとって：（連語）對……說來　例：私にとって一大事だ／對我說來是一
件大事。

④負担：（名）（工作，金錢等的）負擔　例：負担が重すぎる／負擔過重

⑤諒承：（他サ・名）諒解，諒察　例：ご諒承を請う／請予原諒

關於無法延期裝運

敬覆者　每次承蒙格外的照顧，深表謝意。

6月5日發大商貿第5406號貴函，業已拜閱。您所說的情形，
敝方已經很了解，但不巧，今天才安排好以20日由基隆出港的金台丸
裝出的手續。而事到如今，已無法取消變更。

再說，對推銷實績超越一般的貴公司來說，海苔用支柱僅僅10
萬支，我想決不會成為貴方的負擔才對。

敝方覺得非常抱歉無法符合尊意，務請您能諒解。　　謹啟
再啟者：提貨單據，已另函寄出，請查收。

文例49 B/L（船荷証券）至急送付の催促

1982年6月19日

中華貿易有限公司

　　貿　易　部　御中

名古屋竹材株式会社

B/L 至急ご送付のおねがい

前略　さる12日、金生丸に積みこみ分のB/L、まだ入手していません。そのため、保管料①は徒らに②重く③なるし、品物を引取ることができないので、お得意に売り渡すこともできず、まった④く弱っ⑤ております。

　台湾銀行より東海銀行あて送付くださるよう、どうか大至急お手配ねがいます。

　簡単ですが、いそぎご用件のみ　　　　　　　　　　草々

文例49　B／L（提貨單）即寄之催促

【 註釋 】

①保管料：（名）保管費；「料」＝費用，此外「代」也表示費用。

　　　　例：保険料／保險費，電話料／電話費；新聞代／報費，本代／書

　　　　籍費

②徒らに：（形動）空，白白（＝むなしく）　例：徒らに金を使う／白花錢

③重い：（形）（分量）重的，沉的

④まったく：（副）實在，簡直（＝ほんとうに，じつに）

　　　　例：きょうは全く暑い／今天實在熱

⑤弱る：（自五）困窘；爲難，不知如何是好（＝こまる）　例：これには弱

　　った／這一來可不知如何是好了

請立即寄發^B／L

前略　貴公司於本月12日裝進金生丸的貨物提單，尚未到手。因此

，使保管費用徒增，又無法提取貨物，也沒辦法賣給顧客，這一來可

眞不知如何是好。

　　請您趕快安排，讓台灣銀行把它寄給東海銀行。

　　匆此祇託此事。

草草

文例５０　品質不良に対する抗議

1982年6月23日

中華貿易有限公司

　　貿　易　部　御中

　　　　名古屋竹材株式会社

不良品着荷について

前略　このたび、金生丸積みこみの割竹を、本日引取り①ましたが、荷物の一部に不良品が、混じっ②ていて、処置③に困っております。

　具体的にいいますと、

１ ２.６尺の割巾が狭いです。規格６分に対し、５分しかありません。着荷品の$\frac{1}{10}$が規格はずれ④です。

２品物全体の約$\frac{1}{5}$にも及ぶ割竹が、色が黒くなったり、カビが出てきたりして、競争のはげしい⑤販売市場に出せません。

以上の２点になります。

　前者の方は、メーカーに対して規格を守るよう、きびしく⑥言いわたし⑦てくだされればよいだろうと思います。

　後者については、金生丸の船員の話しによると、弊社の割竹が、はじめデッキ⑧積みになっていて、航海中、しけ⑨がひどくなったので、船そうの中へほうりこんだと言っていました。

　大事な⑩商品に、こんな取扱い方をされたのでは、たまったものではありません⑪。今回の取引で、小社の損失は相当な金額になる

・136・

文例５０　對於品質不良的抗議

【 註釋 】

①引取る：（他五）領取，領回　例：商品を引取る／領取商品

②混じる：（自五）混，雜，夾雜

③処置：（名）處置，處理，措施　例：処置よろしきを得る／處理得當

④規格はずれ：不符規格

⑤はげしい：（形）激烈的，厲害的　例：競争のはげしい入学試験／競爭很

　　　　　激烈的入學考試

⑥きびしい：（形）嚴格的，嚴厲的（＝はげしい）　例：きびしく叱る／嚴

　　　　　厲申斥

⑦言いわたす：（他五）命令，吩咐

⑧デッキ：deck（名）〔船〕甲板

⑨しけ：（名）（海上的）暴風雨，（海浪）洶湧

⑩大事：（形動）重要，要緊，寶貴　例：大事な万年筆／寶貴的鋼筆

⑪たまったものではない：（連語）受不了，不能忍受（＝たまったもんじゃ

　　　　　ない）

⑫～うえ：（名）～之後

關於不良品到貨

前略　此次貴公司裝進金生丸之竹片，本日業已領取，但貨物中，摻有一部分不良品而難爲處理。

　　具體的說：

１ 2.6尺的竹片寬度太窄。規格是6分，但只有5分。在到達貨品中，十分之一是不符規格。

２ 全部貨品中，大約佔五分之一的竹片，有的變黑色，有的發霉，無法供應競爭激烈的銷貨市場。

と思います。
　この原因を至急お調べのうえ⑫、対策をご一報ねがいます。

草々

以上，可歸納爲二點。

　　前者，如果貴公司嚴格吩咐生產者遵守規格的話，則大概不成問題。

　　至於後者，據金生丸船員說，敝公司的竹片，起先裝載於甲板上，因航海途中遭到波濤洶湧的暴風雨，才把它拋入船艙內。

　　對於寶貴的商品，如此粗心處理，可眞無法忍受。我想此次交易，敝公司蒙受的虧損，可能成爲相當數目的金額。

　　希望您立即調查此原因之後，回報一下其善後策。　　　　　　草草

文例51　品質不良の抗議に対するお詫び

中貿第6822号

1982.6.28

名古屋竹材株式会社　御中

中華貿易有限公司

貿　易　部

不良品着荷のお詫び

拝復　まいまい格別のご愛顧をいただき、厚くお礼申します。

　さて、6月23日付お手紙拝読いたしました。いろいろご迷惑を

おかけしたこと、心からお詫び申します。この商売①を長年やって

きましたが、こんな目②にあったのは、始めてです。

　さっそく、次のように善後策③をとりました。

1 メーカーに対し、割巾規格を守るよう④、きびしく言いつけ⑤ま

した。『今後は品質管理をもっと厳格にするから、こんどだけは

ご容赦ください。』といっておりました。

2 船会社に対し、厳重に抗議しました。スペース⑥がないのに⑦、

荷物を引受けて、お客さまに大へんな損害をあたえてしまって、

どのように賠償してくれるかと追究しました。『2度とこういう

ことのないようにするから、かんべんし⑧てくれ。』と平身低頭

⑨してあやまっておりました。

文例51 對於品質不良抗議之致歉

【註釋】

①商売：（名）買賣，商業，營業，生意 例：商売をやる／做買賣，經商

②目：（名）經驗 例：ひどい目にあわせる／叫他嚐嚐厲害

③善後策：（名）善後對策（辦法） 例：善後策をとる／採取善後對策

④よう：（形動）向對方表示願望 例：早く健康になりますように祈ります
　　　　／願您早日恢復健康

⑤言いつける：（他下一）命令，吩咐

⑥スペース：space（名）空間，場所，餘地，餘白

⑦のに：（接助）却，倒

⑧かんべん：（他サ）饒恕，寬恕，原諒

⑨平身低頭：（連語・自サ）低頭 例：平身低頭してあやまる／低頭認罪

⑩もともと：（副）本來，根本（＝もとから、がんらい） 例：もともと
　　　　親切な人だ／本來就是個親切的人

⑪たまの：（形）偶然的

⑫失策：（名）失策，失算，失敗（＝しくじり），大錯

⑬切に：（副）熱切，一再（＝ぜひ）

不良品到貨之道歉

敬覆者　深深感謝每次賜予特別的愛顧。

　　6月23日之貴函業已拜讀。給您添了種種麻煩，衷心道歉。敝公司多年來一直做此生意，但遇到這種情況，還算頭一次。

　　我們立刻採取了善後對策如下：

1.已向生產者嚴格吩咐了遵守片寬規格的事。

　　『今後一定更嚴密管理品質，所以只請您原諒這一次。』如此答覆。

2.向輪船公司提出了嚴重的抗議。「沒有場所，却收取貨物而讓顧客蒙受了很大的損失，打算如何賠償？」如此追究了責任。他們低頭

もともと⑩、サービスの悪くない船会社のたまの⑪失策⑫なので、弊社もこれ以上責めないことにしました。

　それで、この分の御社の損失は、今後数回の取引により、当方の利潤をけずって補うことにいたしますから、なにとぞ、ご放念ください。

　どうか、今後とも相変らずお引立のほど、切に⑬おねがいいたします。

　まずは、とり急ぎお詫びとお願いまで　　　　　　　　敬具

認罪地說：『今後會特別留意以免再發生這種事，所以請您原諒。』

　　本來是個服務態度不錯的輪船公司，其僅是偶爾一次的失敗，因此敝公司也沒進一步的責備。

　　但，貴公司的這次損失，我們決定藉以後幾次交易，削減敝方利潤來補償，務請多放心。

　　請您今後仍舊惠予照顧，一再拜託。

　　匆此致歉與懇託　　　　　　　　　　　　　　　　　謹啟

文例52　Invoice（送り状①）と積荷②の相違に対する抗議

大商貿第5407号

1982年8月23日

中華貿易有限公司

　　　貿　易　部　御中

　　　　　　　　　　　　　　　　大阪商事株式会社

　　　　　　　　　　　　　　　　　　　貿　易　部

　　　　　　　　Invoice　と現品相違について

前略　昨日、拝受いたした荷受書類を、大阪税関に提出したら、意外にもインボイスと入荷とが一致しないので、1日かかっても通関許可がとれず、まったく困ってしまいました。

　税関は、『後積み分のインボイスを先に送ってきたらしい。だから、2枚のインボイスと入荷品とを全部照合し③たうえでないと、荷物の引渡し④はできない。』と言っております。

　それで、やむをえず⑤、日通⑥の倉庫に入れて、あとの荷物の到着を待っています。分割づみ⑦のときは、よく確認することが大切⑧です。

　あとから積みこみの荷受書類を大至急お送りください。

　とりあえず、お願いまで　　　　　　　　　　　　　　草々

文例５２　對於發貨單與裝載貨物不符之抗議

【註釋】
①送り状：（名）〔商〕發票，發貨單（＝インボイス）
②積荷：（名）裝載的貨物
③照合する：（他サ）對照，查對，核對（帳目等）
　　　　　例：帳簿と照合する／與帳簿核對
④引渡し：（名）「ひきわたす」的名詞形，交給，提交，交還
⑤やむをえず：不得已（＝已むを得ない）
⑥日通：（名）「日本通運株式会社」之略稱。通運：（名）運送，運輸
⑦分割づみ：（名）分批裝船
⑧大切：（形動）要緊，重要　例：外国語を学ぶには、ふだんの練習が一番
　　大切だ／學外語最要緊的是經常練習

關於發票與現貨不符

前略　昨日把已經受領的提貨單據提出大阪海關時，不料，因爲發票與進貨的內容不一致，是故花了一天時間却領不到通關許可證，眞是傷透了腦筋。

　　海關說：『似乎先寄來了後批裝運部分的發票。因此，若不將二張發票和到貨全部相互核對以後，是無法交給你的。』

　　因而，不得不暫存日本通運株式會社的倉庫而等着後一批貨物的到達。分批裝運時，要緊的是確認一事。

　　請您將後批裝運的提貨單據趕快寄出。

　　匆此拜託　　　　　　　　　　　　　　　　　　　　　草草

文例53　Invoice と積荷相違のお詫び

中貿第6823号

1982.8.28

大阪商事株式会社

貿　易　部　御中

中華貿易有限公司

貿　易　部

Invoice　と積荷相違のおわび

拝復　まいど格別のご高配にあずかり、心からお礼申します。

　8月23日付貴信拝見いたしました。とんでもない①ご迷惑をおかけしまして、まことに申しわけありません。これは、まったく弊社の手落ちでした。後積みは、26日万昌丸で、荷受書類も即日ご急送しました。どうか、ご検収ください。

　今後は、いちいち②確かめる③ことにいたし、このような間違いのないように、気をつけ④ますから、なにとぞお赦しねがいます。

　まずは、おわびかたがたお願いまで　　　　　　　　　　　敬具

追申：貴社お支払いの保管料は、弊社の勘定⑤にしてください。

　これからも、ますますお引立くださるよう、お願い申します。

文例５３　發貨單與裝載貨物不符之致歉

【 註釋 】

①とんでもない：（連語・形）出乎意外，不合情理

②いちいち：（副）一一，一個個（人），一件件（＝ひとつひとつ）

　　　　例：一一例をあげる暇（ひま）がない／無暇一一擧例

③確（たし）かめる：（他下一）弄清，查明　例：真偽（シンギ）を確かめる／查明眞假

④気（き）をつける：注意，當心

⑤勘定（カンジョウ）：（名）帳（款），帳目，帳單，（會計）科目，戶頭

　　　　例：私の勘定につけておいてくれ／請記在我的戶頭裏

道歉發票與裝貨不符

敬覆者　每次承蒙格外的照顧，由衷申謝。

　　8月23日所發貴函業已拜悉。給您添了出乎意外的麻煩，實在抱歉。這完全是敝公司的過錯。後批裝運是26日開的萬昌丸，提貨單據也已卽日速送。敬請驗收。

　　此後，裝運必定用心一一查清楚以免發生這種錯誤，懇請您多包涵。

　　先此道歉並請關照　　　　　　　　　　　　　　　謹啟

再啟者：貴公司已付的保管費，請您記在敝公司的帳戶裏。今後仍請貴公司更加惠顧。

文例54　着荷数量不足に対する抗議

1981年10月2日

中華貿易有限公司

　　貿　易　部　御中

名古屋竹材株式会社

　　　　着荷数量不足について

拝啓　まいどひとかたならないご支援をたまわり、厚くお礼申します。

　さて、このたび光復丸積みこみの割竹、本日検収したところ①、9.7尺・2.6尺ともに②100束ずつ不足していることが、判明し③ました。

　すでにシーズンに入っており、在庫品も少なくなっているときに、予期し④ない入荷不足で、ほんとうに迷惑し⑤ております。

　ですから、次回船積み日を早目に⑥繰りあげ⑦て、この不足数量も一しょに積出してください。よろしくお願いいたします。

　とりあえず、お知らせとおねがいまで

敬具

文例５４ 對到貨數量不足之抗議

【註釋】

①ところ：（接助）意義近似「しかるに、だが」然而，但是，可是

②ともに：（副）全，均　例：寒暑共にはげしい／寒暑均甚劇烈

③判明する：（自サ）判明，了解清楚

④予期する：（他サ）預期，預想，預料　例：予期したとおりの成績／一如
　　　　　　預料的成績

⑤迷惑する：（自サ）爲難　例：あの人のためにずいぶん迷惑した／爲了他
　　　　　　的事情，我曾經很爲難。

⑥早目に：（副）提前

⑦繰りあげる：（他下一）提前　例：時間を繰りあげる／把時間提前

關於到貨數量不足

敬啟者　每次賜予特別的支援，深表謝意。

　　此次裝載於光復丸的竹片，本日已查收，但發現了9.7尺·2.6
尺均各不足100捆。

　　業已進入銷售旺季，當庫存品所剩無多時，加上出乎意外的進貨
不足，實在很爲難。

　　因此，請貴公司把下次裝運日期提前而與此不足數量亦一起裝出
。請多幫忙

　　耑此告知及拜託

　　　　　　　　　　　　　　　　　　　　　　　　　　謹啟

文例55　着荷不足数量の賠償に対する交渉

中貿第6824号

1981年10月8日

名古屋竹材株式会社　御中

中華貿易有限公司

貿易部　何年卿　拝

不足数量の賠償について

拝復　毎々格別のご愛顧をいただき、心から感謝いたしております。

　さて、10月2日付お手紙ありがたく拝見いたしました。入荷不足で、とんだ①ご迷惑をおかけしまして、恐縮②のいたりです。

　貴意よく分かりましたが、実はこんどの船積みには、私自身も立ちあっ③て、点検し④て積出したので、送り状の数量は確かにあったわけです。それがおっしゃる⑤ように、100束ずつ入荷不足ですから、まったく不可解⑥というほかはありません。

　ところで⑦、この損失全部を弊社の負担にするよりも、むしろ⑧不運⑨とあきらめて、お互いに⑩半分ずつ支出するのが、一番⑪合理的じゃないかと存じます。

　次の積出しは、18日基隆出帆の金台丸の予定で、この不足分も追加して出しますから、よろしくご諒承ねがいます。

　まずは、とりいそぎお詫びとお願いまで　　　　　　　　　敬具

・150・

文例５５　對到貨不足數量賠償之接洽

【註釋】

①とんだ：（連語）萬沒想到，意外　例：とんだ災難／意外的災禍

②恐縮：（形動）（表示客氣或謝意）惶恐，對不起，過意不去

　　　　　例：これは恐縮の至りです／這太謝謝您了，這太不敢當了。

③立ちあう：（自五）會同，到場　例：会談に立ちあう／參加會談

④点検する：（他サ）檢點，檢查

⑤おっしゃる：（他五）「いう」的敬語，說，言，叫。

⑥不可解：（形動）難以理解，不可思議　例：それはまったく不可解だ／那
　　　　　簡直令人費解。

⑦ところで：（接）（突然轉變話題時用之）可是（＝それはそうとして）
　　　　　例：ところで諸君に一つ相談がある／可是我有一件事要和你們
　　　　　商量一下。

⑧むしろ：（副）寧，寧可，莫如

⑨不運：（形動）不幸，倒霉　例：不運とあきらめる／認倒霉

⑩互いに：（副）交替，相互

⑪一番：（副）最，頂（＝もっとも）　例：これがいちばん大きい／這個最
　　大

關於不足數量之賠償

敬覆者　每次承蒙您特殊的愛顧，衷心感謝。

　　10月2日所發貴函業已拜悉。因到貨不足，給您添了想不到的麻煩，真對不起。

　　我們很了解尊意，說實在，此次裝船時，本人也親自到場檢點之後才裝出，故發票上之數量是確實沒錯的。儘管如此，您說，是各100捆到貨不足，所以不能不說，那簡直令人費解。

　　可是，我想，將此全部損失歸屬敝公司負擔，不如雙方均認倒霉而各支出一半，是不是最合理。

　　下次裝運，預定於18日由基隆開的金台丸，擬將上述不足數追加發送，請多諒解。

　　匆此道歉，懇求　　　　　　　　　　　　　　　　謹啟

文例５６　事務処理遅延に対する抗議

1981年12月23日

中華貿易有限公司

　　貿　易　部　御中

　　　　　　　　　　　　　　　　矢野竹材株式会社

　　　　　　　　　　　　　　　　矢野正一　拝

　　　　　　少量出荷と事務遅延による損失について

前略　第１回柏山丸積出しにひき続き、第２回金台丸の出荷案内も受取りました。

　この２回の出荷に対して、厳重に①ご注意申しあげます。

１　このように少量ずつ出荷されると、燻蒸②費その他の諸経費③が割高④につき⑤ます。特にこの業界は競争がはげしいので、コスト⑥が高くつくと、他社に後れをとり⑦ます。次の積出しからは必ず最小単位１,０００束にしてください。

２　出荷案内をもっと敏速に⑧してもらわないと困ります。１回目の出荷は、船の入港がおくれたので、辛うじて⑨直取りすることができましたが、２回目は出荷通知より船の方が、先に到着したため、総揚げになりました。直取りと総揚げとでは、費用が倍も違います。また直取りできていたら、今年中に通関できるものが、総揚げになったので、来年でなければ通関させてくれません。カサ⑩が大きいので、保管料も馬鹿になりません。

文例５６　對延遲處理事務之抗議

【 註釋 】

①厳重：（形動）嚴厲，嚴格（＝きびしい）　例：厳重な規則／嚴格的規則

②燻蒸：（名）燻蒸（消毒）

③経費：（名）經費，開支

④割高：（形動）（價錢）比較貴；↔割安

⑤つく：（自五）值　例：全部で千円につきます／總共值壹仟元

⑥コスト：cost（名）成本　例：コスト高／成本高

⑦人に後れをとる：落後於人

⑧敏速：（形動）敏捷

⑨辛うじて：（副）好容易才，勉勉強強　例：試験に辛うじて及第する／勉
　　　　　勉強強考中

⑩カサ：（名）容積，體積　例：かさの大きい品／體積大的東西

⑪いずれ：（副）不久，最近，改日（＝近いうちに）

⑫クレーム：claim（名）索賠，（賠償損失的）要求權。

⑬オフ・シーズン：off season（名）過時，不盛行，淡季

關於少量發貨與延遲事務之損失

前略　第一次由柏山丸裝運，接着第二次金台丸載運的發貨通知也已
經收到。

　　對於此二次出貨，要嚴厲地提醒您的注意：

1. 如此少量少量地出貨，其燻蒸費以及其他諸開支均值較貴。尤其因
　本業界競爭劇烈，一旦成本變成較高，就跟不上他公司。從下次
　裝運起，請貴公司一定遵守最少單位數量1,000捆。

2. 假使不能把發貨通知更迅速地寄到敝方來，將很難辦事。因為第一
　次出貨時，輪船遲進港，所以可以勉強直接提貨，但，第二次，由

この損失はすべて御社の事務遅延に原因すると存じます。いずれ
⑪ 通関後、計算書がきますから、その時あらためてクレーム ⑫ 請求

いたします。

これからは、出荷2日前に lnvoice と船名をお知らせください。
B/L copyは船積みの翌日にはもらえますから、これも入手次第送

ってください。

以上2点は、今後必ず実行されるよう、希望いたします。

今年もあと数日を残すのみとなりました。よい新春を迎えられる
よう祈っております。　　　　　　　　　　　　　　　　　草々

追申：業界も来年3月までは、オフ・シーズン ⑬ になりますので、
　　　次のオーダーは来春早々いたします。

於輪船比發貨通知先到達，結果成為總卸貨。直接提貨與總卸貨，其所需費用竟相差一倍。而且如果能直接提取，則年內可通關，但因總卸，若不到明年就不給我們辦理通關手續。因為竹材，體積大，保管費亦不得少算。

敝方認為這些損失均由於貴公司的延遲處理事務而來的。改日通關之後，就有清單，那時向您再請求賠償損失。

此後，發貨前二天，將發票和船名告知為荷。船提單副本，裝船隔日就可以領到，所以這也煩您一到手就即寄。

上述二項，盼貴公司今後必須付諸於實行。

今年亦所剩祇有幾日。祝您們迎接一個美好的新年。　　　草草

再啟：業界將進入銷售淡季，直到明年 3 月為止，因此下次訂購預定
　　　於新年初。

文例５７　事務処理遅延についてお詫び

中貿第6901号

1982年1月6日

矢野竹材株式会社

　　矢野正一　様

中華貿易有限公司

何年卿　拝

少量船積みと事務遅延のおわび

拝復　新年おめでとうございます。今年もどうぞ、いっそう①のごひいきくださるよう、お願いいたします。

　12月23日付お手紙拝見いたしました。こんどの2回の積出しで、心ならずも②ご迷惑をかけまして、大へん③すまなく思っています。

　けれども、実情は次のとおりでした。

1 柏山丸は花蓮に寄る④とのことでした。在庫数量の関係で、2か所にわけて積む予定をたて、まず基隆で500束つみこみました。その後に突然『船が大きいので、花蓮にいけない。』と船会社よりいってきたわけです。それで、御社の急需も考えて、残り500束を急いで花蓮から金台丸で出しました。なにとぞ、このような事情をご諒解ください。

2 花蓮からの出荷案内が後れるのは、どうもいたし方⑤のないことです。船が出帆しないと、B／L がとれない。B／L が台北につ

文例５７　延遲處理事務之致歉

【註釋】

①いっそう：（副）更，越發（＝ひときわ）　例：いっそう努力する／更加努力

②心ならずも：（副）出於無奈，本非所願　例：心ならずも断らなければならない／出於無奈不得不拒絕

③大へん：（副）非常，很，太，甚（＝たいそう）　例：大変済みませんでした／很對不起你

④寄る：（自五）（船在航行中）到（某港口）　例：この船は花蓮に寄らない／這隻船不到花蓮

⑤いたし方：（名）（一般多接用否定語）方法，辦法（＝しかた、しよう）　例：致し方がない／沒有辦法

⑥もっと：（副）更，更加，進一步，再稍微（一些）

⑦乙仲屋：（名）（＝回漕店），裝船代理商（＝shipping agent）

⑧念をおす：叮問，叮囑

⑨相応：（形動）適應，相稱（＝つりあう、ふさわしい）

少量裝運與延遲事務之道歉

敬覆者　恭賀新禧。今年仍請貴公司賜予更多的愛顧爲禱。

　　12月23日所發貴函業已拜悉。這兩次的裝運，本非所願地，給您添了麻煩，覺得非常抱歉。

　　不過，實際情況是如下述的：

1 據說，本來柏山丸是要到花蓮的。因庫存數量的關係，預定分爲二處裝貨，首先在基隆裝上了500捆。然後突然由輪船公司接到通知說：『因爲船太大，不能到花蓮港』。因此，一方面考慮貴公司的急需而把剩餘500捆，趕緊由花蓮以金台丸裝出的。請您能諒解這

いて始めてお送りできるのです。今後はもっと⑥早く送ってくる

よう、乙仲屋⑦に特に念をおし⑧ておきます。

今回の保管料などの損失については、小社もそれ相応⑨に力にな

りますから、どうぞご安心ください。

以上簡単ですが、とりあえず、お詫びとお願いまで　　　　敬具

追申：休暇を利用して、日本から観光客がおおぜいいらっしゃいま

した。矢野さんもぜひ、いちどご来遊ください。

種情形。

2. 花蓮的發貨通知之遲達貴方，是怎麼也沒辦法的事。船不開，領不到提貨單。提單到達台北之後，才能寄給您。敝方要向裝船代理商特別叮嚀，今後稍微加快寄來。

至於此次保管費等之損失，敝公司亦願出相稱的數額與您共同負擔，故務請放心。

簡述如上，耑此致歉及懇託　　　　　　　　　　　　謹啟

P.S.:恰逢休暇，日本有很多觀光客已到達此地。矢野先生，請您也無論如何來旅遊一次吧。

文例58　品質向上と取引増加の依頼

1982月9月23日

中華貿易有限公司

　　　貿　易　部　御中

神戸竹材株式会社

品質向上と販売増加への期待

拝啓　まいど格別のお引立にあずかり、心からお礼申します。

　さて、今まではときたま①ご注文しただけですから、貴公司も大

へんやりにくかっ②たと思います。今後は毎月コンスタントに③ 20

〜 30 万本注文させていただきます。

　今回円④の切上げ⑤、U.S.\$の切下げなどで、商売はやり易くな

りましたが、このさい、値を下げて売るよりも、品質を向上させて

お客さまに安心して使用していただけるようにしたいと思います。

それで、貴公司にてφ 15 〜φ ⑥ 20の値上げをしてもよいですから、

良質のものを出せ⑦るよう、メーカーを激励してください。

　品質の良否とセールス⑧の増減とは、比例的な関係にあることは、

経営者公認の一致した結論です。

　どうぞ、弊意をお汲み⑨くだされば、幸甚に存じます。　　敬具

追申：米ドル切下げで、御社の立場を考えて、¼ 5 ％増額してあり

　　ます。

文例58　提高品質與增加交易量之委託

【 註釋 】

①ときたま：（副）有時，偶爾（＝ときどき、おりおり、たまに）

②—にくい：（造語・形型）（接在動詞連用形下）表示困難

　　　　　例：やりにくい／難辦，不好辦

③コンスタント：constant（形）不變的，一定的，確實的

　　コンスタントに：當「副詞」看。

④円：（名）（日本貨幣單位）圓的簡字，略號 ¥

⑤切上げ：（名）升值 ↔ 切下げ：（名）貶值

⑥¢（セント）美 cent 之略號，（美元的百分之一）仙，分

⑦出せる：（＝出すことができる）能供應

⑧セールス：sales（名）銷售，推銷

⑨汲む：（他五）體諒，酌量　例：人の心を汲む／體諒別人的心

期待提高品質與增加銷貨

敬啟者　每蒙格外的惠顧，由衷道謝。

　　到現在，敝公司是偶爾向您訂購而已，因此，想貴公司亦很難辦貨。此後，讓敝方每月固定購買20至30萬支。

　　因此次日圓升值，美元貶值等，生意比較容易做，但我想此時，降低價格出售，不如把品質提高而讓顧客能安心使用。所以，貴公司也可以上漲15仙至20仙左右的價錢而請您獎勵生產者使他們能供給更優良的貨品。

　　品質之良窊與銷貨之增減是成比例的關係，這是經營者已一致公認的結論。

　　敬請諒察敝意，則感甚幸　　　　　　　　　　　　　　　謹啟

P.S.：考慮因美元貶值，貴公司所受的影響，增開了½ 5％的金額。

文例59　品質向上と取引増加依頼の承諾

中貿第6825号

1982年9月29日

神戸竹材株式会社　御中

中華貿易有限公司

貿　易　部

品質向上と販売増加に努力する

　拝復　日ごろ①格別のご用命をたまわり、あつく感謝いたします。
9月23日付お手紙、非常に嬉しく拝見しました。

　コスト引下げと品質向上とは、弊社創業以来のモットー②として
いるところで、御社の貴重なご意見には、まったく同感③でありま
す。幸いにして、最近日本の輸入業者も、弊社商品の品質の向上に、
大体ご満足の意を表明してきております。

　メーカー励まし④の方法は、すでに去年11月以来、実施してお
り、その効果もはっきり⑤現われてきました。もちろん、申し分⑥
のないところまでに達するには、なおいっそうの努力をしなければ
ならないと決心しています。

　米ドルの切下げで、多少損しなければならないと覚悟し⑦ていた
のに、⅒金額5％の追加をいただくなど、特別のご高配にたいし、
心から厚くお礼申しあげます。

　10月7日か8日に、まず30万本積出す手配をしております。

文例５９　提高品質與增加交易委託之承諾

【 註釋 】

①日ごろ：（副）平素，素日　例：君に日ごろ注意したのはこのことだ／我
　　　　　平素提醒你的就是這點。

②モットー：motto（名）標語，口號，宗旨　例：勤勉節約をモットーとす
　　　　　る／以勤儉爲口號（宗旨）。

③同感：（名）同感，同樣想法，同一見解　例：全く同感です／看法完全相
　　　　同

④励まし：（名）「はげます」的名詞形，鼓勵，激勵，勉勵。

⑤はっきり：（副）清楚，明白　例：はっきり聞えない／聽不清楚

⑥申し分：（名）缺欠，缺點　例：申し分のない成績だ／這是很好的成績

⑦覚悟する：（自サ）決心，精神準備　例：覚悟の前／有精神準備，甘心願
　　　　　意

⑧切望する：（他サ）渴望，切盼

努力於提高品質與增加銷貨

敬覆者　平素賜予格外的吩咐，深表謝意。

　　９月23日貴函，業已非常高興地拜讀。

　　減低成本與提高品質二項，一向是敝公司創業以來的口號，而此
次承貴公司寶貴的意見，我們的看法也完全相同。

　　幸而，最近日本的進口業者，也對敝公司商品的品質進步，表示
大體上滿足之意。

　　生產者獎勵辦法，已於去年11月以來一直實施，而其效果亦已明
顯地表現出來。當然要達到更理想的地步，我們已下定決心，非作進
一步的努力不可。

　　敝方已心甘情願決定負擔，因美元貶值而發生的一些損失，不料

つみ出したら、すぐに荷受案内を送ります。

今後とも色々ご指導くださるよう、切望いたし⑧ます。

では、とりあえずお礼かたがたお知らせまで　　　　敬具

，却蒙您追加了 5 ％之信用狀金額等特別的照顧，衷心深表謝忱。

正準備於10月 7 日或 8 日，先裝出30萬支。

裝運之後，我們會立刻寄出提貨通知。

殷切地盼望您今後仍能給予敝公司種種指導。

專此致謝並通知 　　　　　　　　　　　　　　　謹啟

文例6〇　包装不完全に対する抗議

1981年12月24日

中華貿易有限公司

　　貿　易　部　御中

山崎輸出入有限会社

包装改善についてお願い

拝啓　まいど、いろいろお世話になり、ありがたく存じます。

　さて、今月分入荷のWaritake、2回とも荷づくり①不良で、引取るのに、ずいぶん②苦労しました。

1 2.6尺は束くずれ③なく、無事に着いております。

2 9.7尺は上下2か所針金④でくくり⑤、中央はビニール⑥ひもで、しばっ⑤てあるが、一部分の品のビニールひもが、切れ⑦てしまっています。ひどいのになると、針金までぬけ⑧てしまって、束がばらばら⑨になっているのです。

　今まで、中央は麻なわを使っていて、それでよかったのですから、どういうわけで、ビニールに変えたのか、よくお調べください。

　どうぞ、よろしくお取り計らい願います。

　新年も御社にとって、よりよい年であるよう祈ります。　　敬具

文例６０　對於包裝不完全之抗議

【註釋】

①荷づくり：（名）包裝（東西）

②ずいぶん：（副）（表示事物的程度）相當厲害（＝なかなか）很多

　　　例：今日はずいぶん暑い／今天相當熱

③くずれ：（名）「くずれる」的名詞形，（完整的東西）變爲不完整

④針金：（名）鐵絲，金屬絲，電線。

⑤くくる：（他五）捆，紮（＝しばる）　例：荷物をくくる／捆東西

　　　　　　　　　　　　　　　　　　　しばって束にする／捆上

⑥ビニール：vinyl（名）乙烯合成樹脂，維尼爾基。

⑦切れる：（自下一）斷　例：縄が切れた／繩子斷了。

⑧ぬける：（自下一）脫落，掉（＝はなれおちる）

⑨ばらばら：（副）分散，七零八落

改進包裝之請求

敬啟者　每次承蒙您種種幫助，謹致謝意。

　　本月份進貨的竹片，兩次均因包裝不良，提貨時吃了不少苦。

1. 2.6尺，並無散捆而完整地到達。

2. 9.7尺，上下二處用電線捆，中央以維尼爾繩捆着，但部份貨品的

維尼爾繩，已經斷掉了。甚至，有的，電線業已脫落，捆裝竟變成

七零八落。

　　以往，中央部份一直使用麻繩而情況非常好，爲何改用維尼爾繩

，請您仔細查查看。

　　敬請貴公司妥善處理本件爲荷，並

　　祝　貴公司迎接個更美好的新年。　　　　　　　　　　　謹啟

文例61　包装不完全の抗議へのお詫び

中貿第6902号

1982年1月8日

山崎輸出入有限会社　御中

中華貿易有限公司

貿　易　部

荷づくり不良についてお詫び

拝復　旧年中は、格別のごひいきをくださり、厚くお礼申します。今年も、いっそうご支援のほど、お願いいたします。

　さて、12月24日付貴書、ありがたく拝読しました。包装不良で多大①のご迷惑をおかけして、まことに申しわけありません。

　さっそくメーカーに問い合せ②たら、次のことが判明しました。即ち、入社し③て間もない④包装工員⑤が、まちがっ⑥てビニールのひもを使っていたことが分かりました。『今後はいままでどおり、麻なわを使用させます。針金も上下2尺のところでしばるよう、たえず注意いたします。どうもすみません。』と言っておりました。

　上の事情、なにとぞご諒承くださるよう、お願いいたします。

敬具

・168・

文例６１　對包裝不完全之抗議致歉

【 註釋 】

①多大：（名）很大，極大

②問い合せる：（他下一）問，打聽，詢問，照會　例：問い合せても返事がない／問（照會）也沒有回答

③入社する：（自サ）進入公司（工作）　例：貿易会社に入社した／進入貿易公司工作

④間もない：（形）不久的

⑤工員：（名）（工廠的）工人，產業工人

⑥まちがう：（自五）弄錯，搞錯　例：まちがって毒を飲む／誤吃毒藥

有關包裝不良道歉

敬覆者　舊年承蒙格外的愛顧，深表謝意。

今年亦仍請貴公司賜予更多的支持爲荷。

12月24日所發貴函，業已拜讀。謝謝。由於包裝不良，給您添了很大的麻煩，實在抱歉。

因而立刻查問生產者而已清楚了解的事情如下：

卽，進入公司不久的包裝工人誤用着維尼爾繩捆包。『此後，照舊一定叫工人使用麻繩。並經常注意電線是否在上下２尺的地點捆着。眞對不起。』如此有了答覆。

上述情況，務請您多諒解爲荷　　　　　　　　　　謹啟

文例62　価格計算単位変更の依頼

ろくじゅうに　か かくけいさんたん い　へんこう　いらい

大商貿第5408号

1982年9月23日

中華貿易有限公司

　　　貿　易　部　御中

おおさかしょうじ

大阪商事株式会社

貿　易　部

計算単位ご変更のお願い

拝啓　初秋の候①、皆さまにはいよいよご健勝のことと拝察いたします。日ごろ格別のご厚情を賜わり、心からお礼申します。

　実は、先日阪神地区②同業者の会合③で、多くの同業者が、『竹材価格の計算単位を、重量屯で台湾の輸出商社におねがいできないでしょうか。』と申しておりました。というのは、束数・本数計算ですと、検収に莫大な時間を費やすからです。

　このように、ご変更をお願いできますと、とても④都合がよろしい⑤のですが……。

　なにとぞ、折返し貴意をお聞かせください。　　　　　　敬具

・ 170 ・

文例62　變更價格計算單位之委託

【 註釋 】

①初秋の候：9月份季節問候語（請看附錄2）初秋的季節

②阪神地区：指大阪・神戸地區

③会合：（名）聚會，集合　例：私的な会合／個人的聚會

④とても：（副）很，極，非常（＝はなはだゝすこぶる）　例：とても面白い本／非常有趣的書

⑤都合がよい：方便 ↔ 都合が悪い：不方便

請求變更計算單位

敬啟者　初秋的季節，想必各位身體更健康。

　　平素賜予格外的厚誼，衷心致謝。

　　前幾天，在阪神地區同業者的聚會上，許多同業者均說：『能否請求台灣的出口商，將竹材價格的計算單位，改用重量噸？』這是因為採用的捆數・支數的計算，驗收時，需花費很多時間。

　　假使能請求您變更如上述，則將甚感方便。

　　請您立卽讓我們聽聽尊意　　　　　　　　　　　　謹啟

文例63　価格計算単位変更の依頼を断わる

中貿第6826号

1981年10月3日

大阪商事株式会社
かぶしきかいしゃ

　　貿易部　御中
　　ぼう　えき　ぶ　おんちゅう

　　　　　　　　　　　　　　　中華貿易有限公司

　　　　　　　　　　　　　　　　貿易部

　　　　　　　計算単位ご変更について

拝復　まいど格別のご愛顧をいただき、ありがたくお礼申します。
9月23日付、お手紙拝見いたしました。お国の輸入商社①のご
希望、よく分かりました。
　甚だ②残念ですが、貴意にそいかねる③のが実状です。ご存じの
ように、切りたて④積出しの竹材の重量は、御地についたときには、
相当の目減り⑤となることは免れません。これはどうしても、従来
どおり束数・本数で、プライス計算ねがわないと、お互いに面白く
⑥なくなる恐れがあります。
　どうか、この点よろしくご洞察ください。　　　　　　　敬具

文例63 拒絕變更價格計算單位之委託

【 註釋 】
①商社：（名）商社，商行　例：外国の商社と取引する／同外國的商行進行
　　　　交易。
②甚だ：（副）甚，非常，很，極其　例：成績が甚だ悪い／成績非常壞。
③――かねる：（造語・下一型）礙難，不能，辦不到　例：その要求は承諾
　　　　しかねる／那個要求我礙難應允。
④――たて：（造語）接動詞連用形下，表示該動作剛剛完畢
　　　　例：取りたてのぶどう／剛摘下來的葡萄。
⑤目減り：（名）減分量，減秤，損耗
⑥面白い：（形）愉快，快活；〔 否定形 〕面白くない／沒趣，不佳，不稱心

關於變更計算單位

敬覆者　每蒙格外的愛顧，謹致謝忱。

　　9月23日貴函業已敬悉。敝方已經很了解貴國進口商的請求。

　　但非常遺憾，無法使您達到希望，這是實際情況。如您所知，砍伐不久裝出的竹材的重量，到達貴地時，免不了發生相當的減秤。對此，無論如何，將照以往，以捆數・支數計算價格為妥，不然，恐怕會發生互相不愉快的爭執。

　　上述，請您多加以諒解　　　　　　　　　　　　　　　謹啟

文例64　需要明細の照会

中貿第6827号

1981.10.11

遠東貿易行　御中

中華貿易有限公司

貿　易　部

業界誌紹介によりご需要の明細を伺う①

拝啓　貴行ますますご発展のこととお喜び申しあげます。

　さて、貴行が竹材を物色し②ておられるとのこと、10月号業界誌よりご消息③を伺いました。

　ついては④、ご入用⑤の竹材の用途、種類、規格および数量などをご一報ください。

　弊社は台湾竹材の専門輸出商として⑥、長年この経営をつづけてきました。ですから、ご希望の品質のものを、他社よりも安い値段で、オファーいたします。

　簡単ですが、とり急ぎお伺いまで　　　　　　　　　　　敬具

・174・

文例64 需要明細之照會

據業界雜誌介紹，請問貴需要明細

敬啓者　慶賀貴行業務益趨發展。

　　茲由10月號業界雜誌，獲悉貴行正在物色竹材一事。

　　關於此事，煩您告知一下，貴行所需竹材之用途、種類、規格以

及數量等等。

　　敝公司係台灣竹材的專業出口商而多年來一直經營本事業。因此

，我們可以將您所希望的品質的，比其他公司較廉價提供。

　　簡此，匆匆請敎　　　　　　　　　　　　　　　　　　　謹啓

文例65　米ドル切下げによる損失補いの依頼

中貿第6828号

1981.10.15

田中竹材店　御中

中華貿易有限公司

貿　易　部

ドル切下げの損失補いのお願い

拝啓　まいど特別のお引立くださり、厚くお礼申します。

　さて、万隆丸積出しの割竹2,000束（U.S.$ 19,900）もうご入手のことと存じます。

　こんどのN.T.$の切上げ、ドル切下げで、関西①地区のお客さまは、こちらの事情をお察し②くださり、自発的に③ 5〜10％ ⅒を増額してくれております。しかも景気④の好転で、早く積出すよう催促をうけています。

　それで、恐縮ですが、貴店も今回ご入荷の分について、約5％以上の金額補償をしていただきたいと考えておりますが、いかがでしょうか。

　まずは、とりあえずお願いまで

敬具

文例65 補償因美元貶值所生損失之委託

【註釋】

①関西（カンサイ）：（名）〔地〕関西（大阪和京都）地方 ↔ 関東（カントウ）（東京・横浜地区）

②察する（サッする）：（他サ）諒察，鑒察，體諒 例：君の苦しさを察する（きみ の くる）／我體諒你的苦衷。

③自発的（ジハツテキ）：（形動）自動的，主動的 例：自発的に辞職する（ジショク）／自動辭職。

④景気（ケイキ）：（名）〔經〕景氣，商況，行情 例：生糸の景気がよい（きいと）（悪い）（わる）／生絲的行情好（壞）。

請補償美元貶值之損失

敬啟者　每蒙特別的照顧，深表謝意。

　　裝於萬隆丸運出的竹片2,000捆（19,900美元），我想貴公司業已收貨。

　　由於這次新台幣升值與美元貶值，關西地區的顧客諒察本地的實情而自動地已增開了½5至10%之金額。並且因景氣好轉，催促敝公司提早裝運。

　　因此，很抱歉，期望貴店也就此次進貨部份，可否賜予補償約5%以上之金額，不知貴意如何？

　　耑此懇託　　　　　　　　　　　　　　　　　謹啟

文例66　輸入価格再調整の通知に対する交渉

1982年7月25日

東京建材工業株式会社

　　国　際　部　御中

偉峰貿易有限公司

輸入価格再値上げについて

　拝啓　御社ますますご発展のことと拝察いたします。まいど格別のご厚情をたまわり、心から感謝しております。

　さて、7月17日付貴信TK79005号によりますと、またも値上げとのこと、驚き①のあまり、どうしてよいのか分からず、すっかり②途方にくれ③ています。

　原材料コストの上昇や¥の切上げなどが、御社の価格再調整の理由であることは、よく分かります。

　けれども、こんどご通知の新価格は、実に④旧価格の35％の値上げ⑤にもなるのです。

　去る3月初旬、貴社福永社長さん来台ご視察の折には、よく⑥当地の市場状況をご了解くださって、帰京後結局⑦10％の調整に止め⑧てくれました。

　弊社もこの線にそっ⑨て、当地一流の百貨公司数か所と分割納品⑩の7か月契約をとりきめました。この分の納品、まだ半分も終っていません。ですから、御社のこんど再調整のプライスでは、デパ

文例66　對進口價格再調整通知之接洽

【註釋】

①驚き：（名）驚訝，驚異，震驚，驚恐　例：驚きのあまり病気を起した／因爲過於驚恐而嚇出病來了。

②すっかり：（副）全，完全，全部（＝まったく、ことごとく、みな）
　　　　例：すっかり忘れた／完全忘了，一點也想不起來了。

③途方にくれる：想盡了辦法，沒有辦法，迷失方向

④実に：（副）實在，眞，的確（＝ほんとに、まことに）

⑤値上げ：（名）提高價格，加價，加薪

⑥よく：（副）好好地，仔細地（＝十分に、ておちなく）　例：よくご覽ください／請您仔細看。

⑦結局：（副）結果，結局，究竟，歸根到底（＝あげくのはて、とうとう）

⑧止める：（他下一）止於（某限度）　例：大略を述べるに止める／只是敍述概略。

⑨そう：（自五）按照　例：既定方針に沿って行う／按既定方針進行

⑩納品：（名）〔文〕繳納的物品，交貨

⑪果す：（他五）完成，實行，履行

⑫直ちに：（副）立刻，立即（＝すぐに、じきに）

關於進口價格再上漲

敬啟者　推察貴公司業務日益發展，至感欣慰。每蒙格外的厚誼，由衷感謝。

　　據 7 月17日發，ＴＫ79005號貴函，敬悉又漲價，因過於驚恐，不知如何處理才好，一點也沒有辦法。

　　敝方很了解原材料成本之上升及日圓升值等爲貴公司再調整價格的理由。

　　但，此次貴方通知之新價格，實際上已達舊價格35％之漲價。

ートへの納品契約を果す⑪ことさえ、できません。

　そこで、どうしても御社社長さんと、とり決めの価格を、相当期間維持していただきたく存じます。

　もう一つ、ご了承を得たいことは、すでに御社の価格に 10 ％の調整がありましたが、当地建材市場の現況は、売価の引上げを許さず、結局それだけ小社の利潤が少なくなったということです。

　以上申しました2点、なにぶんのご高配をお願いいたします。そして、Proforma Invoice を修正、ご送付くだされば、直ちに⑫L/Cを開きます。

　福永社長さん始め、各位のご健勝を祝福して、擱筆いたします。

敬具

3月上旬，貴公司福永董事長蒞台考察時，已經仔細了解本地市場情況而回東京之後，結果只給調整了10%。

　　敝公司也按上述價格，跟本地幾家一流百貨公司締結了分批交貨的 7 個月期間之契約。而此部份交貨，尚未完成一半。所以，若依貴公司此次再調整之價格，連履行與百貨公司之交貨契約也不成。

　　故，無論如何希望貴方將已與貴公司董事長約定好之價格，能維持一相當期間。

　　還有一件，希望您了解的，就是說雖然貴公司價格已有10%之調整，然而本地建材市場之現況是不容許提高售價的，結果敝公司利潤較前減少了貴調整金額部份。

　　以上所述兩點，務請您多賜予關照。而給寄發修正估價發票，則立即開設信用狀。

　　祝福福永董事長及各位的尊體健康，於此擱筆　　　　　　謹啟

文例67　輸出価格再調整についての要求に対する回答

TK79026号

1982年8月1日

偉峰貿易有限公司　御中

東京建材工業株式会社

国際部拝

建材輸出価格についてご回答

拝復　まいまい格別のごひいきにあずかり、厚くお礼申します。

　7月25日付お手紙ありがたく拝見しました。貴意よく分かりましたので、さっそく社長と相談し①た結果、次のように過渡的対策をとることになりました。

1 御社のデパートへの分割納品の分は、ご契約完了まで現価格で提供いたします。

2 ご存じのように、原材料コストの値上がりや円の切上げなどで、それ相応の価格調整は、どうしても避けられない実情にあることを、まずご納得ねがいます。

　しかし、狭い台湾市場の現況と御社の順応②態勢③を考えまして、貴国だけ再調整を延期して、12月1日より新価格でお引立ねがうことになりました。

　以上の特別措置④で、当方の払う犠牲も、分かっていただけると存じます。

· 182 ·

文例６７　對有關出口價格再調整之要求的回答

【註釋】
① 相談する：（他サ）商量，商談　例：友だちと相談する／與朋友商量，相談役（＝顧問、コンサルタント）
② 順応：（名）順應，適應　例：境遇に順応する／順應環境
③ 態勢：（名）姿勢，態度（＝かまえ）　例：受入れ態勢／接受的準備
④ 措置：（名）處理，措施，處理辦法　例：臨機応変の措置をとる／採取臨機應變的措施。

關於建材出口價格之回覆

敬覆者　每蒙格外的愛顧，深表謝意。

　　7月25日所發貴函業已拜悉。我們已經充分了解尊意，而後趕緊與董事長商量的結果，決定了採取過度期對策如下：

1. 貴公司向百貨公司分批交貨部分，仍以現行價格提供至該契約結束為止。

2. 如您所知，因原材料成本上漲及日圓升值等，故其相當的價格調整，是怎麼也無法避免的。請貴公司首先了解此實情。

　　但、敝公司鑒於窄狹的台灣市場現況與貴公司之順應準備，已決定只延期貴國的再調整，而自12月１日起，請以新價格惠顧。

　　我想您也會了解，由於實行上述特別措施而敝方所擔負的犧牲。

アメンドしたProforma Invoice 同封しましたから、ご査収
ください。½c至急オープンねがいます。

　まずは、とりいそぎお返事申します。　　　　　　　　　　敬具

信內附上已修正的估價發票，請查收。

卽開½c、此託

匆此答覆

謹啟

文例68　中日技術合作、対米輸出の創業申し入れ①

1981年10月16日

大華実業有限公司　御中

関東ゴム株式会社

技術提けい対米輸出について

拝啓　貴公司業務いよいよご発展のこととお慶び申します。

　中華貿易有限公司の関係会社である貴公司の貿易業界におけるご活躍ぶり②は、かねがね③拝承いたし④ております。

　さっそくですが、貴公司と提けいして、ボール⑤の対米輸出を下記の如く計画しております。

1　ご存じのように、近年、たび重なる調整のため、日本の人件費⑥は非常に高くなり、対米輸出の利潤殆無の状態⑦になってきております。具体的に言いますと、当社製品横浜F.O.B価格1ダース最低U.S.$ 13.00のオァァーに対し、米国のバイヤー⑧の申し出はU.S.$ 10.00　以下です。また米国ダンロップ、ウィルソンなどと同等品となると、少なくともU.S.$ 14.00　以上でないとサプライ⑨できません。

　弊社の知る限りでは、こういう苦境に陥っている日本の多くの商社は、すでにお国の公司と協力しあっ⑩て、この難関を突破してきています。例えば、高雄や台中の加工出口区のように、相当の実績をつくりだしております。これが御社とタイアップし⑪て

文例６８　中日技術合作，向美出口之創業提議

【註釋】
　①申し入れ：（名）提議，提出意見，提出希望

　②――ぶり：（造語）狀態，情況　例：生活ぶり／生活情況

　③かねがね：（副）（＝かねて）事先，以前，老早　例：ご芳名はかねがね
　　　　　　　伺っている／久仰大名。

　④拜承する：（他サ）「きく」的敬語，聽　例：かねてからおうわさを拜承
　　　　　　　しています／久仰大名。

　⑤ボール：ball　（名）球

　⑥人件費：（名）人件費，薪資費用

　⑦狀態：（名）狀態，情形

　⑧バイヤー：buyer（名）（出口貿易的）買方 ↔ サプライヤ（supplier
　　　　　　　）　例：バイヤーと交渉する／和買方商洽

　⑨サプライする：supply する（他サ）供給

　⑩あう：（補動・五）接在其他動詞連用形下表示「互相……」
　　　　例：協力しあう／互相協力

　⑪タイアップ：tie up（自サ）聯合，合作，協作（＝ていけい）
　　　　　　　例：某社とタイアップする／與某公司合作

關於技術合作、向美輸出

敬啟者　敬悉貴公司業務愈趨發展，至感欣慰。

　　中華貿易有限公司關係企業之貴公司在貿易業界的活躍情況，業已久仰着。

　　允我先談主題，如下記，敝方計劃着擬與貴公司合作，生產球向美國出口。

1.如您所知，近年因經屢次調整，日本的薪資非常上漲，已變成向美

やりたい主な理由です。

2. もちろん、生産技術の指導は、弊社が責任をとり、優秀な技師を
貴地に長期駐在させます。

3. 原料は当方で準備供給いたします。

4. 製造機械設備は、一部分更新する外は、当社の現設備を貴国に移
動すればよいものと考えます。

5. 貴公司には、工場設立の申請、地点の物色と工員の募集などをや

っていただくことになります。

6. 投資は大体半分ずつと考えております。

以上考えつづけてきたことを述べましたが、貴公司のご意見はい

かがでしょうか。

なにとぞ、折返しお返事をいただきたく存じます。　　　　敬具

出口之利潤殆無之情形。

具體地說，對於敝公司產品F.O.B.橫濱最低報價每打13.00美元，美國進口商的出價是低於10.00美元。又若製造與美國Dunlop, Wilson等公司同等貨品，至少不以14.00美元以上的價格，是無法供應的。

據敝公司所知，已陷於此種苦境的日本許多商社，均業已與貴國公司互相協力而正在突破難關。譬如，像高雄或台中的加工出口區等，已經創出了相當的實績。此乃與貴公司合作創業的主要理由。

2.當然，生產技術之指導，由敝公司負責而讓優秀的技師長期駐在貴地。

3.原料由敝方準備供應。

4.生產機器設備，除部分需更新之外，我想將敝公司現有設備移轉到貴國使用，則可。

5.有關申請設廠，選擇廠址與徵募工人等等，則煩請貴公司辦理。

6.至於資本一項，則大約各投資一半。

將敝方一直思考的，已敘述於上，不知貴公司高見如何？

期望您迅速作回覆 　　　　　　　　　　　　　　　　　　謹啟

文例69　中日技術合作、対米輸出の創業申し入れへの回答

1981年10月26日

関東ゴム株式会社　御中

大華実業有限公司

技術合作、対米輸出について

拝復　まいど格別のご愛顧をたまわり、ありがたく存じます。

10月16日付ご鄭重なお手紙、本当にうれしく拝見いたしました。

　さて、お申し越し①の技術提携企業の件、実は弊公司も長い間考えておりましたところ②で、ゴム③業界に歴史と実力を誇る④御社と手を携えてやれるとは、願ってもない⑤チャンス⑥だと思っております。

　それで、小社も急いで準備調査に着手いたし、次のように初歩的結論がでました。

1. 御社お申し出⑦の諸条件には、原則的に賛成です。
　政治の安定とストライキ⑧のない、また賃金⑨も高くない台湾の中日提携事業は、殆んど例外なく成功しております。

2. 工場は台中加工出口区に設置できる見込み⑩です。ここは、北部に近く、交通便利で又気候もたいへんよい所です。

3. ただ、出資関係は、いままでの例に照らして、弊社が少なくとも51%以上でないと、政府の許可がおりません。

以上簡単ですが、とり急ぎお返事申します。　　　　　　　　敬具

文例６９　對中日技術合作，向美出口之創業提議的答覆

【註釋】

①申し越し：（名）（用書面）通知前來　例：お申し越しの件／你信中所提的那件事

②ところ：（名）所……，事情　例：彼の言う所は正しい／他所說的對

③ゴム：（荷 gom）（名）橡皮，橡膠。

④誇る：（他五）自豪，矜誇，誇耀　例：自分の腕を誇る／誇耀自己的本領

⑤願ってもないこと／求之不得的幸運、好事，福自天來。

⑥チャンス：chance（名）（好）機會　例：絕好のチャンス／絕好的機會，良機

⑦申し出：（＝もうしいで）（名）申請，聲明，提出，提議。

⑧ストライキ：strike（名）罷工，罷課

⑨賃金：（名）工資

⑩見込み：（名）預料，估計，預定

⑪日時：（名）日期和時刻

關於技術合作、向美輸出

敬覆者　每次承蒙格外的惠顧，謹致謝忱。

　　10月16日所發鄭重的貴函，業已以非常興奮的心情拜悉。

　　貴信中所提的技術合作企業一事，說實在，亦是敝公司長久以來一直考慮的事情，而認為能與在橡膠業界，足以誇耀歷史和實力的貴公司，携手創業，確是一件求之不得的好機會。

　　因此，敝公司又趕快着手準備調查工作，已獲初步的結論如下：

1. 敝方原則上贊成貴公司所提出的各條件。

　　政治安定，無罷工，加上工資不貴的台灣的中日合作事業，幾乎都

・191・

追って、本件についてご研究・ご相談と具体化のため、社長も来月初旬御地を訪ねたいと言っております。出発の日時⑪きまりしだい、お知らせいたします。

能成功，且無例外。

2. 預料工廠可以設在台中加工出口區。此處較近北部，交通方便而且氣候亦很好的地方。

3. 只有投資比率一項，照往例，敝公司至少不能不佔有51％以上，否則不能取得政府的許可。

　　簡此，匆匆答覆如上　　　　　　　　　　　　　謹啟

再啟者：為了有關本件之研究、洽談以及具體化，董事長說：下月上旬想要訪問貴地。起程日期、時間，一俟決定，就告知您。

文例70　日本製玩具と雑貨の照会

1981 年 11 月 3 日

東京物産株式会社　御中

偉峰貿易有限公司

日本製玩具と雑貨の輸入について

拝復 10 月 20 日付貴信および日本製玩具・雑貨の定価表、ありがた
く拝受いたしました。

　弊社は上記商品に対し、すこぶる①興味②があり、又東南アジア
③の取引先④よりも、今までしばしば⑤問い合せ⑥を受けておりま
す。

　もし、御社サプライの品質適当にして、そしてプライスも安けれ
ば、大量にご注文いたすつもり⑦です。

　折りかえし、見本と最上の取引条件をいただきたく存じます。

敬具

文例７０　日製玩具與雜貨之照會

【 註釋 】

①すこぶる：（副）非常，頗，很　例：頗るおもしろい映画／非常有趣的電影

②興味：（名）興趣，趣味，興致　例：興味のある仕事／有興趣的工作

③アジア：Asia（名）亞洲　例：東南アジア／東南亞

④取引先：（名）顧客（＝得意先）

⑤しばしば：（副）〔文〕屢次，再三；每每（＝たびたび）

⑥問い合せ：「といあわせる」（參看例文61註②）的名詞形
　　　　　　　例：問い合せの手紙を出す／發信去打聽。

⑦つもり：（名）意圖，打算，動機　例：彼はどういう積りなのかさっぱり分からない／他是什麼意圖不得而知。

關於日製玩具與雜貨之進口

敬覆者　10月20日貴函及日製玩具、雜貨之定價表均拜悉。

　　敝公司對上列商品，頗有興趣，又由東南亞的顧客，迄今再三求函查詢。

　　如貴公司所供應之品質適合並價格低廉，敝方有意向您大量訂購。

　　希望能立刻收到樣品與最好的交易條件，謝謝　　　　　　謹啟

文例71　日本製玩具と雑貨の照会への回答

1981 年11 月12 日

偉峰貿易有限公司　御中
_{おんちゅう}

東京物産株式会社
_{かぶしきかいしゃ}

新機械玩具と雑貨について
_{しんきかい}

拝復　11 月3 日付ご来信により、貴公司が日本製玩具と雑貨の見
_{がつみっかづけ らいしん}　　　　　　　　　　_{きこうし}　　　　　　　　　_み
本および最上の取引条件を希望していることを承知しました。
_{ほん}　　_{さいじょう とりひきじょうけん きぼう}　　　　　　_{しょうち}

　それで、さっそく弊社は最新の機械玩具（ Mechanical toy ）
　　　　　　　　_{へいしゃ さいしん}
と雑貨の各種見本、さらに①改訂し②た新価格表を添え③て air
　　_{かくしゅ}　　　　　　_{かいてい}　　　_{しんかかくひょう そ}
mail ④でお送りしました。
　　　　_{おく}

　これが小社のこの上なき⑤条件であるので、必ずや貴社のご満足
　　_{しょうしゃ　うえ}　　　　　　　　　_{かなら きしゃ まんぞく}
とご注文をいただけるものと確信しております。
　_{ちゅうもん}　　　　　　　　　_{かくしん}

　また、品質優秀な在庫品が多量あり、新価格表にある最低価格で、
　　　_{ひんしつゆうしゅう さいこひん たりょう}　　　　　　　　　　_{さいてい}
確実に迅速にサプライできます。
_{かくじつ じんそく}

　ご注文を楽しみ⑥にお待ちしております。　　　　敬具
　　　　　_{たの}　　　　　_ま

文例71　對照會日製玩具與雜貨之回答

【註釋】

①さらに：（副）再，重又，更，更加，更且

②改訂（カイテイ）する：（他サ）修訂　例：この本（ホン）は改訂する必要（ヒツヨウ）がある／這本書需要修訂

③添える：（他下一）添，加，附加

④air mail：（＝航空便（コウクウビン））（名）航空信

⑤この上（うえ）なき：（形）（＝この上ない、最上（サイジョウ）の）最好的

⑥楽（たの）しみ：「たのしむ」的名詞形，樂，愉快，樂趣

關於新機器玩具與雜貨

敬覆者　據11月3日來函，敬悉貴公司在索取日製玩具與雜貨之樣品及希望最好之交易條件。

因此，敝公司立刻將最新的機器玩具與雜貨之各種樣本，更附加已修訂新價目表，業已以航空信寄出。

這是敝公司所提供的最好條件，故確信必能獲取貴公司的滿意與訂單。

再說，目前品質優良的庫存品甚多，可依新價目表上之最低價格，確實、迅速地供應。

以愉快的心情等着貴訂單　　　　　　　　　　　　謹啟

文例72　印刷機械の照会

1981 年 11 月 5 日

東京印刷機械株式会社　御中

台北印刷股份有限公司

印刷機械のオファーについて

拝啓　ご同封いたしました図面①の印刷機械のF.O.B横浜価格およ
び船積期日をお知らせください。

　目下②、弊社は工場設備完成のため、若干数量の機械を必要とし
ますので、もし御社のプライス③適当にして、機械も立派④であれ
ば、御注文申すつもりです。

　本件について、打合わせ⑤のため、近日中に御社代表社員が弊社
までお越しくださるならば、心から歓迎いたします。　　　　敬具

文例７２　印刷機器之照會

【註釋】
①図面：（名）畫圖；（土木、建築、機械等的）設計圖
②目下：（副）當前，目前（＝ただいま）
③プライス：price（名）價格，代價
④立派：（形動）優秀，優良（與文例２註⑥意義同）
⑤打合わせ：（名）「うちあわせる」的名詞形，商量，商洽

關於印刷機器之報價

敬啟者　請貴公司告知隨函附上印刷機器設計圖的橫濱船上交貨價以及裝船期限。

目前，敝公司為完成工廠設備，需要若干數量的機器，因此，如貴公司所提供的價錢適當，機器又性能優越，敝方有意向您訂購。

關於此事，為進行洽商，如貴公司代表職員能在近日內到敝公司，我們將甚表歡迎　　　　　　　　　　　　　　　　　　謹啟

文例73　印刷機械の照会への回答

1981.11.14

台北印刷股份有限公司　御中

東京印刷機械株式会社

印刷機械の見積り

拝復　11月5日付貴信および図面、ありがたく拝受しました。

下記のとおり、印刷機械2種類の見積りをさしあげ①ます。

	F.O.B. YOKOHAMA
No.5401　Printing Machines	U.S.$ 2,200
No.5402　Printing Machines	U.S.$ 1,800

Shipment：½c受領後20日以内

Payment ：取消不能信用状

これはfloor price②であって、性能優秀な機械を、このような安い値段で提供できることは、断じて③他社の追随を許さないところであると自負し④ております。

貴公司のご注文を切望しております。

数日後、小社代表社員山田進君がご相談にお伺いしますから、どうぞよろしく

敬具

文例73　對照會印刷機器之回答

【 註釋 】

①さしあげる：（他下一）「あたえる、してやる」的敬語，給
　　　　　　　例：食事をすぐ差上げます／馬上給您送來（飯）

② floor price：（名）底價，最低價格

③断じて：（副）〔下接否定語〕決（不）　例：断じてそんな事はしない／
　　　　　（我）決不做那樣事。

④自負する：（自サ）自負，自大，自傲。

印刷機器之報價

敬覆者　　11月5日貴函及設計圖，均已敬悉。

　　茲將二種印刷機器之報價，給您如下：

		橫濱船上交貨價
No. 5401	印刷機器	2,200 美元
No. 5402	印刷機器	1,800 美元

　　裝　　船：接到信用狀後20天以內

　　付　　款：不能取消信用狀

　　這是最低價格，我們自負着：能將性能優越的機械，以如此廉價

供應，是一件決不許他公司追隨的事。

　　切盼貴公司之訂購。

　　數日後，敝公司代表職員山田進君將訪問貴公司有所商洽，請多

指教　　　　　　　　　　　　　　　　　　　　　　　　　　謹啓

1981.11.16

東京貿易株式会社　御中
（とうきょうぼうえき）

遠東貿易股份有限公司

信用状態のご照会

拝啓　御社ますますご発展のこととお喜び申します。
（おんしゃ）　　　　　　　　（はってん）　　　　（よろこ もう）

実は横浜市の岸有限会社①より、相当金額のご注文をいただきま
（じつ よこはまし きしゆうげんかいしゃ）　　（そうとうきんがく　ちゅうもん）

した。

岸さんは、御社を信用照会先②とご指定してきておりますので、
（きし）　　　　　（しんようしょうかいさき）　（してい）

まことにお手数とは思いますが、当該商社の業界における名声③と
（てすう）（おも）　　　（とうがいしょうしゃ ぎょうかい）　　（めいせい）

信用状況などをお知らせくだされば、幸甚④の至りに存じます。
（じょうきょう）　（し）　　　　　　（こうじん　いた　ぞん）

将来もし、機会がありましたら、弊社も喜んで御社のために、同
（しょうらい）　（きかい）　　　　　　（へいしゃ よろこ）　　　　　（どう）

様のサービスをいたす⑤心算⑥であります。　　　　　敬具
（よう）　　　　　　（しんさん）

文例７４　信用狀態之照會

【註釋】
①有限会社：有限公司，（日本與我國的公司制度相同，均係採大陸公司制度。）
②信用照会先：信用照會處
③名声：（名）名聲，聲譽　例：彼の名声は地におちた／他的名聲掃地了
④幸甚：（名）幸甚，十分榮幸　例：ご光臨くだされば幸甚に存じます／（
　　　書信用語）如蒙光臨，實爲榮幸
⑤喜んで……する／願意，情願，甘心，主動地　例：喜んであなたのために
　　盡力します／樂意爲您盡力
⑥心算：（名）打算，計劃（＝つもり）

信用狀態之照會

敬啓者　敬悉貴公司業務益加發展，至爲欣慰。

　　茲由橫濱市岸有限會社接到了相當金額的訂購。

　　因岸先生乃指定貴公司爲其信用查詢處，麻煩您對不起，如蒙您
告知我們該公司在業界的聲譽與信用狀況，實爲幸甚之至。

　　將來如有機會，敝公司也計劃樂意爲貴公司做相同的服務。

　　　　　　　　　　　　　　　　　　　　　　　　　　　謹啓

文例75　信用状態の照会への回答

1981.11.23

遠東貿易股份有限公司　御中

東京貿易株式会社

信用状態のご回答

拝復　11月16日付貴状拝受いたしました。

　さて、ご照会の横浜市岸有限会社は、中企業ですが、業界では確固たる①信用を有し、同業者たちの尊敬を集めている会社であります。

　当該商社は、取引に対しては、迅速、細心しかも誠実で知られています。小社の考えでは、もし岸商社より買掛け②の申し出があれば、少しもためらわ③ずに、数百万円の売掛け④をいたすつもりです。

　このようにご報告申しましても、弊社はなんら⑤の保証責任を負うものではないこと、なにとぞご諒解ください。

　この簡単なご回答が、お役にたて⑥ば、たいへん嬉しく存じます。

敬具

文例７５　照會信用狀態之囘答

【 註釋 】

①確固たる：（連體詞）堅固的　例：確固たる信用／堅固之信用

②買掛け：（名）賒購　例：買掛金／賒貨錢，應付帳款

③ためらう：（自五）躊躇（＝ぐずぐずする）　例：少しもためらわずに／毫不猶豫地

④売掛け：（名）賒銷 ↔ 買掛け　例：売掛金／賒銷貸款，應收帳款

⑤なんら：（代）絲毫，任何（＝少し、少しも、なにも）

⑥役に立つ／有用處，有益處

信用狀態之答覆

敬覆者　11月16日發貴函業已敬悉。

　　貴公司所照會的橫濱市岸有限會社，係一中企業，但在業界，擁有堅固之信用與博得同業者們之尊敬的公司。

　　一般認為，該公司對其交易，一向是迅速、細心又誠實。對敝公司而言，假如有由岸會社請求賒購，毫不猶豫地準備給予該公司數百萬圓之賒銷。

　　雖然如此報告，敝公司自不負任何保證責任，此點，敬請諒察。

　　這簡單的答覆，如有助於您，甚感欣幸　　　　　　　　謹啟

1981.11.24

東京貿易株式会社　御中

遠東貿易股份有限公司

貴カタログ①によるご注文

拝啓　貴社ますますご繁栄のこととお喜び申します。

　さっそくながら②、貴カタログにより、下記のとおりご注文しましたから、至急ご発送ねがいます。

　なお③、代金④合計3,200ドルは、本日東京銀行本店あてに½を取組みましたから、ご査収ください。

　貨物積出しと同時に、B/L をご急送ねがいます。　　　　敬具

記

1. カタログ8頁16号	FB式芝⑤刈機	5台
2. カタログ12頁7号	TK型噴霧機	15台

以上

文例７６　依據商品目錄之訂貨

【 註釋 】

①カタログ：catalogue（型錄）（名）商品目錄

　　　例：カタログ無代進呈／商品目錄免費奉送

②さっそくながら＝早速ですが；請看文例１２註③

③なお：（副）更，還，再（＝さらに）　例：時日は尚二週間ある／日期還

　　　有兩個星期。

④代金：（名）價款，貨款　例：代金を支払う／付貨錢

⑤芝：（名）（鋪草坪用的）短草，矮草　例：芝を刈る／刈草

依貴商品目錄訂購

敬啟者　貴公司業務益繁榮，謹以慶賀。

　　允我先談主題，茲依貴商品目錄，已訂購如下，請從速發貨爲荷。

　　還有，貨款合計金額３,２００美元，本日已向東京銀行總行開設 ½

，敬請查收。

　　與裝運貨物，同時請將提單卽寄　　　　　　　　　　　　　謹啟

記

1.商品目錄８頁16號　　ＦＢ式　　刈草機　　　５台

2.商品目錄12頁７號　　ＴＫ式　　噴霧機　　　15台

　　　　　　　　　　　　　　　　　　　　　　　　以上

文例77　見本帳による注文

1981・11・26

東京貿易株式会社　御中

遠東貿易股份有限公司

貴見本帳①によるご注文

拝啓　まいまい格別のご配慮を煩わし、深謝いたします。

　さて、ご送付の見本帳により、下記のようにご注文しますから、よろしくお取計らいください。

　船積み後、B/L をお忘れなく②お送りねがいます。　　　　敬具

記

1. 見本帳			
	3の6	300個	
	4の7	300個	
	5の1	200個	
	5の4	200個	1,000個（合計）

2. 船積期限：L/C 貴着後20日以内
3. 支払方法：東京銀行本店あて取消不能L/C

以上

文例７７　依照樣品簿之訂貨

【 註釋 】
　①見本帳：樣本簿，貨樣簿
　②忘れなく：（＝忘れずに、忘れないで）別忘記

依貴樣品簿之訂貨

敬啟者　每次承蒙格外的關照，深表謝意。

　　茲依惠寄的樣品簿，向貴公司訂購如下，請賜予辦理。裝運之後，請您別忘記將提貨單寄來　　　　　　　　　謹啟

記

1. 樣品簿　　3 之 6　　300 個

　　　　　　4 之 7　　300 個

　　　　　　5 之 1　　200 個

　　　　　　5 之 4　　200 個　　　1,000 個（合計）

2. 裝船期限：$\frac{1}{C}$ 貴方入手後 20 天以內

3. 付款方法：向東京銀行總行，開設不能取消 $\frac{1}{C}$

以上

文例78　代品承諾の注文

ななじゅうはち　だいひんしょうだく　ちゅうもん

1981.11.28

東京貿易株式会社　御中

遠東貿易股份有限公司

代品①承諾のご注文

前略　先日「ふじカラー②」ASA100を1,000本注文いたしました

が、昨日付貴電にて「さくら③カラー」のみ在庫とのこと拝承しま

した。

　ついては④、代品でも結構ですから、至急ご発送ねがいます。⅊

も本日東銀本店あてopenしました。

　どうぞよろしく頼み⑤ます。

草々

文例78　承諾代替品之訂貨

【註釋】

①代品：（名）代用品，代替品　ダイヒン

②ふじ：富士　フジ

　カラー：color 彩色　例：カラーテレビ／彩色電視

③さくら：櫻花。

④ついては：（接）關於（上述的）這件事（參看文例64註④）

⑤頼む：（他五）請求，懇求（＝ねがう），托　たの
　　　　例：秘密にしておいてくれと頼む／請求保守秘密　ヒミツ

承諾代替品之訂貨

前略　前幾天向貴公司訂購「富士牌彩色」ASA100，1,000支，蒙

您於昨日電報知悉：存貨僅有「櫻花牌彩色」。

　　就以櫻花牌代替亦可，敬希從速發貨是盼．又⅙已向東京銀行總

行開設。

　　請多關照　　　　　　　　　　　　　　　　　　　　　　草草

文例79　総代理店ご受諾の依頼

TS 81056

1982.1.10

偉峰貿易有限公司　御中

東京製薬株式会社

貿易課

台湾地区all agent お引受を願う

拝啓　貴公司ますますご発展のこと丶拝察いたします

　さて弊社新薬品ミネビタールは、世界各国の市場にてセールスを始めて以来①、日一日と②好評③を博しております。

　生産量の増加に伴い④、このたび購冗力に富む貴地にも販売の手を拡げる⑤ことにしました。

　台湾地区における⑥貴公司の驚異的な販売力はかねがね承わっております。

　つきましては下記条件により当薬品の台湾地区All Agent⑦を貴公司にお願い致したいのです。

　どうぞ何分のご配慮のうえ、ご受諾くださるよう願いあげます。

敬具

記

1月平均最低販売量：　　10,000瓶（100個入り）

文例７９　承諾總代理商之委託

【 註釋 】

①以来（イライ）：（ 名 ）以來　例：あれ以来とんとお目（め）にかかりません／那次以來，好久沒見了。

②日一日（ひ イチニチ）と：一天比一天。

③好評（コウヒョウ）：（ 名 ）好評，稱讚　例：世間（セケン）の好評を博（ハク）する／博得社會上的好評

④伴（ともな）う：（自五）伴同，隨　例：敎育（キョウイク）の進步（シンポ）に伴い／隨着敎育的進步

⑤手（て）を拡（ひろ）げる：擴張營業（業務）範圍

⑥おける：（ 連體 ）〔 文 〕（ 常用「における」的語形 ）於，在

⑦All Agent：總代理商

⑧Commission：（ 名 ）佣金，手續費

⑨ご意見（イ ケン）を伺（うかが）いたい／我願聽聽您的意見

請接受台灣地區總代理商

敬啟者　拜察貴公司業務更加發展。

敝公司新藥品Minevital，在世界各國的市場開始銷售以來，一天比一天，博得消費者的好評。

隨着生產量之增加，此次決定擴大銷售到富於購買力的貴地區。

敝方久仰着在台灣地區，貴公司驚人的推銷力量。

關於此事，請貴公司依下列條件，當本藥品的台灣地區總代理商。

敬希您多加考慮之後，接受我們的請求　　　　　　　　謹啟

記

一每月平均最低銷售量：10,000 瓶（ 每瓶100個裝 ）

二代理商手續費：銷售全額之３％

二、Agent Commission ⑧：販売金額の３％

三、毎月一回結算

四、契約期間：一年 以上

追申：申しおくれましたが、御社のご意見を伺いたく⑨存じます

三、每月結帳一次

　　四、契約期間：一年　　　　　　　　　　　　以上

　再啟者：遲說，對不起，願聽聽 貴公司的意見。

1982.1.17

東京製薬株式会社

　　貿　易　課　御中

　　　　　　　　　　　　　　　偉峰貿易有限公司

台湾地区All　Agent引受について

拝復　御社皆さまにはいよいよご健勝のこととお喜び申しあげます。

　貴状①1月10日付ＴＳ81056ありがたく拝受いたしました。

　数ある②競争者の中から、経営の歴史なお③浅き④弊公司に総代

理店引受のお話を賜わり甚だ光栄に存じております。

　さっそくご受諾させていたゞきますが、お申し越しの条件には殆

ど異存はありませんが、Agent　Commission は5％が適当だろ

うと考えます。これは決して過分の要求ではございません。当地の

代理商の平均コミ⑤がこのぐらいになっています。またセールスが

軌道にのる⑥まで、手数⑦を省くため、隔月結算にしてもらいたい

のです。

　以上、なにとぞ格別のご高配にあずかりたく存じます　　　敬具

文例80 對委託承諾總代理商之回答

【註釋】

①貴状：（名）貴函
②数ある：（形）許多　例：数あるその中で／在許多……之中。
③なお：（副）猶，尚，還，仍然，依然（＝やはり、まだ）
④浅き：（＝浅い）（形）（時日）短促的　例：彼女を知ってからまだ日が浅い／認識她日子還不久。
⑤コミ：commi（＝commission 之略），手續費，佣金
⑥軌道にのる：上軌道
⑦手数：（名）手續，麻煩（＝てかず、めんどう）
　　　　例：手数を省く／節省手續，省事

接受台灣地區總代理商一事

敬覆者　貴公司各位尊體愈健康，至感欣慰。

　1月10日，TS81056，貴函業已拜悉。

　由許多競爭者之中，賜予經營歷史尙未長久之敝公司接受總代理商一事，覺得非常光榮。

　讓敝方立即承諾貴委託，而您所提出的條件，幾乎是沒有異議，但仍認爲代理商手續費5％似乎較妥。這絕不是過分的要求。因爲本地代理商的平均佣金大約如此。又推銷工作未上軌道以前，爲節省手續，敬請暫時採取隔月結帳。

　上述，務請給予特殊照顧，謝謝　　　　　　　　謹啓

文例81　総代理店ご受諾の再依頼

T S 81070

1982.1.25

偉峰貿易有限公司　御中

東京製薬株式会社

貿　易　課

再び台湾地区All Agent お引受をこう

拝復　1月17 日付貴状拝見いたしました。

　　このたび御地総代理店について、突然お願い申したにも拘わらず①

さっそく②お返事をくださり、まことにありがたく存じます。

　　お申し越しの二点（ Agent Commi 5 ％と暫時隔月結算）につい

て重役③会議開催④の結果、貴公司のご要求ごもっともで⑤あると

いう結論に到達いたしました。

　　つきましては代理契約締結のため、1月30 日（金）午前10 時

成田発で、伊藤社長外一名⑥が貴地へ伺いますから、よろしくお取

りはからいください　　　　　　　　　　　　　　　　　　敬具

文例81 承諾總代理商之再委託

【 註釋 】

① 拘らず：（連語）常用「にもかかわらず」，儘管，雖然……但仍，不願，不管 例：雨天にも拘らず。彼はやって来た／雖然是雨天，但他仍然來了。

② さっそく：（副）火速，立刻，急忙（＝すぐ、すみやかに）
例：早速金を送ってくれ／請火速給我寄錢來

③ 重役：（名）（公司的）董事和監察人的通稱。

④ 開催：（名）開（會），舉辦

⑤ もっともだ：（形動）合理，正當，正確，對，理所當然
例：ご尤もです／誠然不錯，您說得對。

⑥ 社長外一名：董事長等二人

再請接受台灣地區總代理商

敬覆者　1月17日貴函業已拜讀。

此次，關於貴地總代理商，雖突然向您請求承諾，但仍立即給予答覆，謹致謝忱。

有關貴信中所提的二點（代理商佣金5％與暫時隔月結帳），我們曾召開董事會議討論的結果，已獲貴公司之要求乃正當、合理的結論。

關於此事，為締結代理契約，1月30日（星期五）上午10時，由成田機場，伊藤董事長等二人將拜訪貴地，請多加照顧為荷。

謹啟

文例82　総代理店受諾のご依頼を断わる

1982.2.10

神戸製薬株式会社　御中

偉峰貿易有限公司

総代理店引受不能について

　拝復　２月４日付貴状ありがたく拝見いたしました。お申し越しの代理店についてご回答申します。

　実は折悪しく①先月末に東京製薬K.K.と代理契約をとり交わし②たばかり③です。御社のご提供されようとする薬品とは競争品になりますので、契約規定により不本意④ながらご辞退し⑤なければなりません。東京製薬と競争にならない新製品がありましたら、どうぞお聞かせください。

　簡単ではありますが、なにとぞ事情ご賢察ねがいます。　　　敬具

文例82　拒絕承諾總代理商之委託

【 註釋 】

①折悪しく：（副）偏巧，不湊巧（＝あいにく）　例：折悪しく留守であっ
　　　　　　　た／不湊巧没有在家。

②とり交わす：（他五）交換，互換　例：契約書をとり交わす／交換合同，
　　　　　　　　簽訂合同

③ばかり：（修助）剛才，剛剛　例：今帰ったばかりです／剛剛回來的
　　　　　　　買ったばかりの万年筆を落した／把（剛·）買來不久的鋼筆丢失了。

④不本意：（形動）非本意，非情願，不願意
　　　　　　　例：不本意ながら引受ける／無可奈何地接受

⑤辞退する：（他サ）辭退，謝絕

關於不能接受總代理商

敬覆者　2月4日貴函業已拜悉。關於您信中所提的代理商一事，玆
答覆如下：

　　說實在，不湊巧，在上月底剛與東京製藥株式會社已簽訂代理契
約的。跟貴公司擬提供之藥品，成爲競爭品，因此，依契約規定，無
可奈何地非謝絕不可。

　　假如貴公司另有與東京製藥，不成競爭的新產品，請讓敝方得知。

　　簡此，懇求您諒察實情　　　　　　　　　　　　　　　謹啟

文例83　着荷と見本相違に対する抗議

1982.2.26

高砂企業股份有限公司

　　貿　易　部　御中

神戸商事株式会社

着荷とサンプル相違①について

拝啓　まいど格別のご愛顧にあずかり深謝いたしております。

　さて今回入荷した帽体②（ hat body ）の中、パーム③（ 棕梠 ）の方は大体④問題ありませんが、大甲はどう見⑤ましても三級品程度の品物でしかないようです。先月いただいた一級品のサンプルに対して注文いたしたのに、このような着荷品では夏のシーズンを間近にひかえ⑥て本当に困惑しております。

　ご返品申すのも決して方法ではないと思うので、このまゝ⑦引取ることにいたしますが、注文の一級品をどうか大至急お積出し願います。　　　　　　　　　　　　　　　　　　　　　　　　　　敬具

文例83 對到貨與樣品不符之抗議

【註釋】

①相違：（名）相差，不同（＝ちがい） 例：両者の意見の相違が甚だしい
　　　／雙方意見相差很遠

②帽体：請看文例45註①

③パーム：palm（植物名）（又稱棕櫚）栟櫚（註：其纖維可用以編織夏帽）

④大体：（副）大致，差不多（＝およそ） 例：用事は大体片づいた／（應
　　　辦的）事情大致解決了。

⑤見る：（他上一）估計，評價 例：どう見ても／如何估計也

⑥ひかえる：（他下一）有；面臨，迫於（目前） 例：選挙を間近に控えて
　　　いる／選舉迫在目前。

⑦このまゝ：（副）（＝このまま）就這樣，就按照現在這樣（原封不動）

到貨與樣品不符

敬啟者　每次承蒙格外的賜顧，深表謝意。

　　此次到貨的帽胎之中，棕櫚帽胎大致沒什麼毛病，但大甲帽胎似
乎如何高估，仍不過是三級品程度之貨物。

　　依據上月接到的一級品樣本訂購，却到達了此種貨物，夏天的銷
售旺季迫於目前，眞不知所措。

　　敝方想，退貨並不是辦法，因此決定就這樣收取貨品，但仍希立
即裝運已訂購的一級品。　　　　　　　　　　　　　　　　　謹啟

1982.3.3

神戸商事株式会社　御中

高砂企業股份有限公司

貿 易 部

着荷とサンプル相違のおわび

拝復　2月26日付貴信拝受、ご迷惑をおかけしてしまって誠に申し訳ございません。

　実は御地に積出した三級品の大甲帽体は、韓国向けに出荷する筈①の品物でした、それを発送部門の手違い②で、こういう始末③になったのです。幸いご注文の一級品は、まだ倉庫にありましたので、本日万隆丸にて基隆より積出しましたから、どうぞご査収ねがいます。

　発送部には厳重に注意④をあたえると同時に、二度とこのような間違いの起らないように、発送方法の改善を研究設計させておりますから、なにとぞご容赦⑤ください。

　とり急ぎお詫びとご案内まで

敬具

文例８４　對到貨與樣品不符之抗議致歉

【 註釋 】
①筈：（名）（表示預定）當，該　例：あす出発する筈です／明天該出發了
②手違い：（名）差錯，弄錯
③始末：（名）（落得）……樣子，情況　例：こんな始末になってしまった
　　　　　　　／落得這種樣子了。
④注意：（名）注意，留神，小心：仔細：提醒，警告
⑤容赦する：（他サ）寬恕，原諒，饒恕　例：行きとどかない点はご容赦く
　　　　　　ださい／不週到的地方，請多原諒

到貨與樣品不符之道歉

　敬覆者　２月26日貴函已拜悉，給您添了麻煩，實在抱歉。

　　說實在，裝運到貴地的三級品大甲帽胎，本來是應該向韓國出貨
的。這乃由於發送部門的差錯，才落得這種樣子的。幸虧，貴訂購之
一級品，還在庫房裡，本日裝於萬隆丸已由基隆運出，故敬請查收。

　　敝方一方面嚴格提醒發送部門的注意，同時爲避免重演這種錯誤
，已讓有關人員研究設計，發送方法之改良，因此敬請原諒。

　　勿此表示歉意及通知　　　　　　　　　　　　　　　　謹啟

文例85 類似商標使用への抗議

中台化粧品有限公司　御中

横浜化粧品株式会社

類似商標ご使用について

拝啓　このたび貴公司にて新製品として発売①されました「ビューティフル②化粧品」の商標は、形の大小と着色濃淡の違いこそ③あれ、当社④が1961年以来、登録商標⑤として使用してきた「パール⑥化粧品」各種の当社製品マーク⑦とあまりにも酷似しております。

　当社としては、貴公司がわざと⑧類似の商標を考案⑨使用なさったとは考えておりませんが、当社の営業上、信用上の損害はきわめて大きく、大変に迷惑いたしております。

　従って本状ご受領しだい、速やかにご処置を願いたく、当方としてもなるべく⑩穏便に⑪問題を解決したいと考えております。

　なにとぞ折返し誠意と責任あるご回答をお願い申しあげます。

敬具

文例85 抗議使用類似商標

【註釋】

①発売する：（他サ）發售　例：発売してすぐ売切れた／發售之後，立即賣
　　　　　　　光了

②ビューティフル：beautiful（形）美麗的，美的

③こそ：（修助）（下接動詞假定形）只有，只能　例：喜びこそすれ、怒る
　　　　はずがない／只有高興，那裏會生氣呢。

④当社：（名）本公司

⑤登録商標：（名）〔法〕註册商標

⑥パール：pearl（名）珍珠

⑦マーク：mark（名）商標

⑧わざと：（副）故意地（＝故意に）　例：わざと負けてやる／故意地輸給
　　　　　他。

⑨考案：（名）設計

⑩なるべく：（副）務，盡可能，盡量（＝なるたけ、できるだけ）
　　　　　　例：なるべく早くしてあげなさい／盡可能快些給他辦吧。

⑪穏便に：（形動）（處置、方法等）温和，和平，不聲張

關於使用類似商標

敬啟者　此次貴公司以新產品出售的「美麗化粧品」的商標，雖在形
狀大小與色彩濃淡上略有出入，惟與本公司於1961年以來一直使用
的註册商標「珍珠化粧品」各種產品的廠牌，極爲酷似。

　本公司雖不認爲貴公司故意設計類似商標使用，然而本公司的營
業與信用上所受的損害極大，而甚感困擾。

　因而請收到此信後，盼能從速處理善後。我方也希望問題能私下
和平解決。

　敬祈賜予誠意而負責的答覆　　　　　　　　　　　　　　　謹啟

文例86　類似商標使用の抗議に対するお詫び

1982.3.27

横浜化粧品株式会社　御中

中台化粧品有限公司

類似商標の使用を詫びる

拝復　弊公司新製品「ビューティフル化粧品」の商標が、御社の「パール化粧品」のマークに酷似していること、実は3月15日付貴状をいただきまして始めて確認いたしたようなしだい①です。

　これは明らかに②弊公司市場研究室および営業部の一大失策③でありました。さっそく新しい別の商標設計を設計課に言い渡しました。

　数日後に商標とりかえ④の必要手続を済まさ⑤せますから、このたびの貴社への商標権侵害につきましては、なにとぞご寛容ください⑥ますよう、切にお願い申しあげます。　　　　　敬具

追申：登録ずみの新商標に貼りかえる⑦まで、在庫品出荷を中止しておりますから、どうかご放念ください。念のため申し添えます。

文例86　對使用類似商標之抗議致歉

【註釋】

①しだい：（名）情形，緣由　例：まあざっとこんな次第です／情形大體就
　　　　　　是這樣。

②明らかに：（形動）明顯，顯然，明白清楚　例：明らかに間違っている／
　　　　　　顯然錯誤了。

③失策：（名）請看文例51註⑫

④とりかえ：（名）「とりかえる」的名詞形，交換，更換　例：売上品のお
　　　　　　取替えはご容赦ねがいます／賣出之貨，恕不退換。

⑤済ます：（他五）請看文例30註③　例：済まさせる＝済ます＋せる（使
　　　　　　役助動詞）／令……辦完。

⑥寛容する：（他サ）容許，寬容，容忍。

⑦貼りかえる：（他下一）換貼，重糊。

道歉使用類似商標

敬覆者　敝公司新產品「美麗化粧品」與貴公司「珍珠化粧品」之商標極為類似一事，說實在，接到３月15日貴函之後，始確實了解這樣的情形。

　　這顯然係敝公司市場研究室及營業部的一大錯誤。敝方已立即吩咐設計課，重新設計另外一種商標。

　　過了幾天，則令他們辦完更換商標之必要手續，因而有關此次對貴公司的侵害商標權一事，請多諒解，再三拜託。　　　　　　謹啟

再啟者：敝方暫停了庫存品出貨至換貼完畢已登記之新商標為止，故
　　　　請您放心。特此附告

1982・4・2

東京物産株式会社　御中

中華貿易有限公司

書類訂正のお願い

拝啓　毎々格別のご用命をいただき厚くお礼申します。

さて、このたびご送付①の B／L の金額に間違い②がありました。

下記のとおりご訂正の上、大至急ご返送ください。

当方の銀行手続に急いで必要ですから、恐れ入りますが、Air

Express Mail ③でお送り下さいますよう、お願い申します。

まずはとり急ぎおねがいまで　　　　　　　　　　敬具

記

現在の金額（誤り）④　　　　U.S.$ 13,460.00

訂正後の金額（正しい）⑤　　U.S.$ 14,360.00

以上

文例87　請求訂正文件

【註釋】
①送付：（名）送，寄　例：ご送付の書類／您寄來的文件
②間違い：（名）（＝誤り）錯誤，過錯　例：計算の間違いをなおす／改正
　　計算的錯誤。　「參看文例20註③，了解不同之義」
③Air Express Mail：航空快信
④誤り：（名）錯誤　例：この本には誤りがない／這本書裏沒有錯誤。
⑤正しい：（形）正確的　例：正しい数字／正確的數字。

請求更正文件

敬啟者　每次承蒙格外的吩咐，深表謝意。

　　此次貴公司寄來的提貨單之金額，有了錯誤。請您如下訂正之後
，即刻予以寄回爲荷。

　　因辦理銀行手續，敝方急需上述文件，對不起，煩您將它以航空
快信寄出爲盼。

　　匆此請託　　　　　　　　　　　　　　　　　　　　謹啟

記

　　現在之金額（錯誤）　　　　13,460 美元

　　更正後之金額（正確）　　　14,360 美元　　　　以上

文例88　書類訂正依頼へのお詫び

1982.4.4

中華貿易有限公司　御中

東京物産株式会社

書類訂正について詫びる

拝復　毎度ひとかたならないご厚情にあずかり、心から感謝いたしております。

　このたびは B／L の金額の誤りで、とんだご迷惑をおかけしてしまって、誠に申しわけございません。

　さっそく訂正後の船荷証券を同封いたし、航空速達①にてご返送しましたから、ご査収ください。

　再び②このような間違いの起ら③ないように気④をつけますから、どうぞ悪しからず⑤ご了承ねがいます。

　とり急ぎお詫び申しあげます　　　　　　　　　　　　敬具

同封：船荷証券　　　1通

文例88　對請求訂正文件之致歉

【註釋】

①速達（ソクタツ）：（名）快信（＝速達郵便（ユウビン））　例：書留速達便（かきどめ）（ビン）/掛號快信

②再び（ふたた）：（副）再，又一次（＝二度と（ニ）（ド））　例：再びこんな事はするな/可不
　　　許再幹這樣事。

③起る（おこ）：（自五）發生，起　例：事件が起る（ジ）（ケン）/發生事變

④気（き）：（名）注意，留神，警惕　例：気をつける/注意，當心；では気をつ
　　　けて行っていらっしゃい（い）/請你一路保重。

⑤悪しからず（あ）：（連語・副）原諒，不見怪

　　　　　例：どうか悪しからず/請原諒；請不要見怪。
　　　　　　会には出席（カイ）（シュッセキ）できませんから悪しからず/我不能到會，請
　　　　　　原諒。

關於更正文件道歉

敬覆者　每次承蒙特別的厚誼，衷心感謝。

　　此次，因提貨單上之金額有錯，給貴公司添了意想不到的麻煩，
實在抱歉。

　　信內附上已更正之船提單，而立卽以航空快信寄回，敬請查收。

　　今後我們會小心以免再發生此種錯誤，所以務請您多諒解。

　　匆此道歉　　　　　　　　　　　　　　　　　　　　　謹啟

附件：船提單　　1份

文例89　事務所移転の通知

1982.4.20

山葉商事株式会社　御中

山一企業股份有限公司

事務所移転のお知らせ

拝啓　日ごろ格別のご愛顧を賜わり、厚くお礼申しあげます。

　さて当社事務所は、すでに狭すぎ①の上に交通不便のため、皆さまに何かと②ご不便をおかけしておりましたが、このたび下記新住所に移転することになり、来たる５月１日よりいつものどおり③事務をとり④ます。

　どうぞ今後とも倍旧のお引立をくださいますよう、お願いいたします。

敬具

記

新住所：台北市済南路２段38号之1　　4楼　〒100

新電話：（ 02 ）3416616

　　　　（ 02 ）3911528

以上

文例89　辦公處遷址之通知

【註釋】
①狭すぎ：（名）過於狭窄，「狭すぎる」的名詞形。
②何かと：（副）這個那個地，諸所，事事（＝あれこれ、いろいろ）
　　　　例：何かとお世話になります／事事都請您關照

③いつものどおり：照常
④事務をとる：辦公，辦事

辦公處遷址之告知

敬啟者　平素承蒙給予格外的惠顧，深表謝忱。

　　因本公司辦公處，既過於狭窄又交通不便，事事都給各位添了許
多不方便，此次決定遷移至下列新地址，而自５月１日起，照常辦公。

　　此後，仍請貴公司賜予加倍照顧，特此拜託。　　　　　　謹啟

記

　新地址：台北市濟南路２段38號之14樓　〒100

　新電話：（02）3416616

　　　　　（02）3911528　　　　　　　　　　　以上

文例90　見本展示会開催のご案内

1982.1.20

山一企業股份有限公司　御中

日本商事株式会社

夏物①展示会開催のご案内

拝啓　毎々お引立にあずかり、厚くお礼申しあげます。

　さて当社恒例②の夏物展示会を、下記のとおり開催いたし③ます。

　今年は新柄④200種を各々500反⑤に厳選しまして、予約注文を

お受けする方法に改めました。

　これで見込生産によるロス⑥を、正味⑦価格の引下げに振替え⑧、

昨年に比してずっと安値でご提供できるようになりました。

　どうぞご来場のうえ、例年に倍するご下命をお願い申したいので

ございます。　　　　　　　　　　　　　　　　　　　　　　敬具

記

1 会期：2月10日（水）〜12日（金）　3日間午前9:30〜午

　　　後4:30

2 会場：東京都　浅草橋　東京文化会館2階特設会場

追申：会期中、ひる弁当⑨を用意してありますから、どうぞご利用

　　ください　　　　　　　　　　　　　　　　　　　　　　以上

文例９０　舉辦樣品展示會之邀請

【 註釋 】

①夏物：（名）夏季用品，夏季貨品 〔なつもの〕

②恒例：（名）恒例，慣例，常例 〔コウレイ〕

③開催する：（他サ）開（會），舉辦　例：展覧会を開催する／舉辦展覽會 〔カイサイ〕

「 參看文例８１註④ 」

④新柄：（名）（衣服等的）新花樣　例：夏物の新柄／夏季衣料的新花樣 〔シンがら〕　〔なつもの〕

⑤反：（名）布疋單位名（＝長２丈８尺，寬９寸）１丈（＝１０尺）＝３.３１４ 〔タン〕

　　碼

⑥ロス：loss（名）損失，喪失

⑦正味：（名）實價，不折不扣　例：正味の値段／不折不扣的價錢 〔ジョウミ〕　〔ネダン〕

⑧振替える：（他下一）調換，調撥，轉帳 〔ふりか〕

⑨弁当：（名）飯盒，便當 〔ベントウ〕

舉辦夏季衣料展示會之邀請

敬啟者　每每承蒙照顧，謹致謝意。

　　茲擬舉辦本公司例行的夏季衣料展示會如下列：

　　今年，本公司特選新花樣二百種，並各備有５００反（約合４,６４０碼）之布料，改採接受預約訂購之方法。

　　如此，可將預計生產之損失，轉爲降低實價，並比較去年能以更便宜價供應您。

　　敬請光臨指教，並賜予往年加倍的惠顧爲感。　　　　　　謹啟

記

　1.會場：２月10日（星三）～12日（星五）3天　上午9:30～下午4:30

　2.會場：東京都淺草橋東京文化會館２樓特設會場

再啟者：會期中，將準備中午便當，請多利用。　　　　　以上

1982.4.30

な ご や ちくざい
名古屋竹材株式会社
ほん ま じ ろう　　さま
　　本間次郎　様

中華貿易有限公司

欧 景 勝

しんとくい さき
新得意先ご紹介へのお礼

まいまい　　　　　　　　　　　　　　こうはい　たま　　　　　　あつ　れいもう
拝啓　毎々ひとかたならないご高配を賜わり、厚くお礼申しあげます。

さくねんなつ　　　　　　　　　　　たなか　　　てん　たい
　さて昨年夏ご紹介くださいました田中竹店店に対し、さっそく
おりかえ　　ちゅうもん
C.I.F.Osaka　でオファーいたしましたところ①、折返しご注文を
ご　ひきつづ　わりたけ　つみだ
いただきました。そしてその後も引続き割竹を積出しており、おっ
ほんとう　りっぱ　　　　とくい
しゃるとおりの本当に立派な②お得意さまでございます。
かくべつ　　こうじょう たまもの　こころ　かんしゃ
　これも本間さんの格別のご厚情の賜③と心から感謝いたしており
ます。
かんたん
　簡単ですが、とりあえずお礼まで　　　　　　　　　　敬具
ついしん　べつびんこうくう こづつみ　　とうちめいさん　すこ　　　そうふ
追申：別便航空小包④にて当地名産を少しばかりご送付しました。
しょうのう
　どうぞご笑納ねがいます

文例９１ 介紹新進口商之致謝

【註釋】

①ところ：（接助）與文例５４註①同義。

②立派な：（形動）與文例２註⑥，文例７２註④同義。

③賜：（名）賞賜，賞物；結果 例：私の今日あるは、彼の賜だ／我之所以
有今天（的成就），完全是他賜給的。
努力の賜物／努力的結果。

④小包：（名）〔郵〕包裹 例：小包で送ってください／請用包裹寄下。

道謝介紹新顧客

敬啟者　每每承蒙格外的關照，謹致謝忱。

　　向去年夏天，蒙您介紹的田中竹材店，趕緊以大阪運費，保險費在內價提供，然而敝方立即接到其訂購。而此後亦繼續運出竹片至現在，如您所說，確是一位很不錯的客戶。

　　「這也是本間先生賜給的格外厚誼的結果」，如此衷心感謝。

　　簡此致謝　　　　　　　　　　　　　　　　　　　　　謹啟

再啟者：另函以航空包裹，寄出了一些本地名產，敬請笑納。

文例92　会社改組のあいさつ

きゅうじゅうに　かいしゃかいそ

1982.5.11

東京製薬株式会社　御中

とうきょうせいやく

偉峰貿易股份有限公司

董事長　劉世偉

株式会社に改組のごあいさつ①

かぶしきかいしゃ　かいそ

拝啓　まいまい格別のご愛顧を蒙り、厚くお礼申しあげます。

　さて弊公司のますます増大する②業務の処理に適応するため、このたび偉峰貿易有限公司を発展的解消し③て、偉峰貿易股份有限公司を設立し、きたる5月21日より新発足する④ことゝいたしました。

　これを機に増資、有能社員の起用により、名実ともに⑤一流の会社として、事業の推進・発展を期しております。

　今後ともどうぞ倍旧のご支援を仰ぎ⑥たくお願い申しあげます。

まずはごあいさつかたがたお願いまで　　　　　　　　　敬具

追申：なお新公司の所在地、電話は別に変更ございません。

　念のため申しそえます

文例９２　公司改組之致敬

【註釋】

①あいさつ：（名）致敬，問候；寒喧　例：帽子を取って挨拶する／脱帽致
　　　　　　　　敬。
②増大する：（自サ）增大，增多，增加。
③解消する：（他サ）解除，取消，解散　例：発展的に解消する／為了成立
　　　　　　　更大的組織而解散。
④発足する：（自サ）（新成立的團體等）開始活動（工作）
⑤名実：（名）名實　例：彼は名実ともに一流の企業家だ／他是個名符其實
　　　　　　　的第一流企業家。
⑥仰ぐ：（他五）請，求；仰仗

改組為股份有限公司之致意

敬啟者　每蒙特別愛顧，至深感謝。

　　為適應敝公司日益增多之業務處理上之需要，此次決定解散現有
之偉峰貿易有限公司，而重新設立偉峰貿易股份有限公司，自５月21
日起開始推展工作。

　　趁此機會，以增資，起用能幹的職員等方法，使新公司名符其實
地成為第一流之公司，以期事業的推進與發展。

　　今後仍請貴公司賜予加倍之支援為荷。

　　先此致敬並懇求　　　　　　　　　　　　　　　　　　謹啟
再啟者：至於新公司地址及電話號碼，照舊不變。

　　　　特此附告

1982.6.1

東京製薬株式会社

取締役社長　亀山馨　様

偉峰貿易股份有限公司

董事長　劉世偉

新社屋落成記念パーティー①へご招待

拝啓　まいど格別のお引立を賜わり、ありがたく感謝いたしております。

　さて弊社事務所は、従来狭隘②のため何かとご不便をおかけして

まいりましたが、かねて建築中の新社屋③もようやく④竣工し、き

たる6月13日より新社屋にて業務を開始することになりました。

　つきましては日ごろのご厚情に少しでも報いたく、下記のように

記念パーティーを催し⑤ますから、どうぞ万障⑥お繰り合わせのう

え、当地へご遊覧を兼ね⑦てご出席ねがいます。　　　　　　敬具

記

▷偉峰貿易股份有限公司新社屋落成記念パーティー◁

・とき：6月13日（土曜）　18時～20時

・ところ：台北市長安東路2段43巷6号

偉峰ビル　4階ホール⑧

追申：同封の返信用ハガキに〝出席〟のご回答をいただきましたら、

ホテルの手配をいたします。　　　　　　　　　　　　以上

文例93　新公司落成之通知

【註釋】

①パーティー：party（名）（交際性的）集會（茶會，晚會，舞會等）

　　　　例：パーティーを開く／舉辦（晚）會。

②狹隘：（形動）狹隘，狹窄　　例：狹隘な街路／狹窄的街道

③新社屋：（名）新蓋的公司建築物

④ようやく：（副）好容易，勉勉強強（＝やっと、辛うじて）

　　　　例：鉄道は一年後に漸く開通した／鐵路修了一年才通車。

⑤催す：（他五）舉辦，主辦（＝企てる）

⑥万障：（名）〔文〕一切障礙　　例：万障お繰り合わせの上、ご出席くださ

　　　い／務請撥冗惠臨。

⑦兼ねる：（他下一），兼，兼帶。

⑧ホール：hall（名）大廳，會場

新公司落成紀念晚會之邀請

敬啟者　每蒙格外照顧，謹致謝忱。

　　由於敝公司辦公處，迄今過於狹窄，事事都給各位添了不方便，而建築已久的新公司至今才竣工，茲決定自6月13日起，於新廈開始辦理業務。

　　關於上述，敝公司擬稍微報答各位平素之惠顧，茲舉行紀念晚會如下述，因此務請兼帶遊覽，撥冗惠臨本地為荷　　　　　　　　謹啟

記

▷偉峰貿易股份有限公司新廈落成紀念晚會◁

　*時間：6月13日（星期六）　18時～20時

　*地點：台北市長安東路2段43巷6號　偉峰大廈4樓大廳

再啟者：在附上回信明信片上，如有接到"出席"之回答，我們是會

　　　安排飯店的。　　　　　　　　　　　　　　　　以上

文例94　新社屋落成へのお祝い

1982.6.7

偉峰貿易股份有限公司

　　董事長　劉　世　偉　様

東京製薬株式会社

副社長　長谷川司　拝

新社屋ご落成のお祝い

拝復　平素格別のご愛顧にあずかり、心からお礼申しあげます。

　　さて新社屋落成記念パーティーのご案内①、たいへんうれしく拝見いたしました。ほんとうに②おめでとうございます。

　　最近貴公司の見事な③ご発展ぶりには、業界の誰しも④が只々⑤驚嘆しております。弊社にとってもこの上ない喜びでございます。

　　これを機⑥にますますご発展されますよう、切に祈っております。

　　ところで社長はたまたま急用⑦で関西へ出張し⑧なければなりませんので、私が代りに出席いたします。

　　社長より言伝⑨のちょっとしたお祝いの記念品もお届け⑩申します。

　　では、とり急ぎお祝いまで　　　　　　　　　　　　　敬具

文例９４　公司新廈落成之祝賀

【 註釋 】

①案内(アンナイ)：（名）通知；邀請，請帖。此處為「請帖」之義。

②ほんとうに：（形動）真　例：そんなことを言うと彼は本当(い)(かれ)(ホントウ)にするよ／你說那話，他將信以為真。

③見事(みごと)な：（形動）漂亮，巧妙　例：見事な試合(シあい)／漂亮的比賽

④誰(だれ)しも：（連語・副）不論誰（＝誰でも）　例：誰(だれ)しも同(おな)じことだ／不論誰都是一樣。

⑤只々(ただただ)：（副）「ただ」的加強語氣詞，只有，惟有

⑥機(キ)：（名）〔文〕機會　例：機を見(み)て……／見機……

⑦急用(キュウヨウ)：（名）急事

⑧出張(シュッチョウ)する：（自サ）出差，前往

⑨言伝(ことづて)：（名）寄語，致意，捎口信（＝ことづけ）

⑩届(とど)ける：（他下一）送到，遞送（信件、物品等）

祝賀貴公司新廈落成

敬覆者　平素承蒙格外的愛顧，衷心道謝。

　　我們業已非常興奮地拜悉貴公司新廈落成紀念晚會之邀請函。真是恭禧、恭禧。

　　最近貴公司巧妙的發展情況，令業界的任何人都只有驚嘆不已。對敝公司來說，又是一項無上的喜悅。

　　我們熱切希望貴公司能趁此機會，更進一步發展。

　　可是，不巧，董事長因急事，非出差關西地區不可，所以由我代他出席該晚會。

　　本人將董事長托我帶的小小紀念品送給您，以表慶祝。

　　匆此致賀　　　　　　　　　　　　　　　　　謹啟

文例95　新社屋落成のお祝い品受領のお礼

1982.6.16

東京製薬株式会社

取締役社長　亀山馨　様

偉峰貿易股份有限公司

董事長　劉世偉　拝

祝賀品拝受のお礼

拝啓　社長様始め皆さまにはいよいよご健勝のことゝ拝察いたします。

　さてこのたび弊新社屋落成にあたり①、鄭重な記念祝賀のお品物をいただき、誠に光栄の至りに存じております。

　これで新事ム所②も一段③と光彩④を放ち、従業員一同のモラール⑤高揚⑥になると思われます。ご高配厚くお礼申しあげます。

　副社長さん在北中は、多忙にまぎれて十分なご接待もできず、大へん失礼申しました。なにとぞ悪しからずご諒承ください。

　今後も引つづきご支援・ご指導を賜わりますようお願い申しあげます。

　まずはとりあえずお礼まで

敬具

文例95 收領公司新廈落成禮品之致謝

【註釋】

①あたり：（自五）「あたる」的連用形，正當，當（……的時候）
②事ム所：（＝事務所）辦公廳
③一段：（副）〔下接と〕更加，越發（＝ひときわ）
④光彩：（名）〔文〕光彩　例：光彩を放つ／發出光彩
⑤モラール：morale（名）工作士氣，工作精神
　　　　　　c.f. モラル（moral）／道德
⑥高揚：（名）發揚，提高，發揮。

領受禮品之道謝

敬啟者　拜察貴董事長以及各位身體日益健康，至爲欣慰。

　　此次，敝公司新廈落成之際，承蒙贈送鄭重的且具有紀念性之禮物，覺得實爲光榮之至。

　　由此，我想新辦公處亦更加發出光彩，又可提高全體員工之工作士氣。　　深謝關懷。

　　貴副董事長在北期間，由於忙碌，沒能好好招待，非常抱歉。請您多諒解。

　　今後仍請貴公司繼續予以支援與指教。

　　耑此致謝　　　　　　　　　　　　　　　　　　　　謹啟

文例96　カタログ送付の依頼

1981.11.10

東京貿易株式会社　御中

遠東貿易股份有限公司

貴カタログご送付のお願い

拝啓　御社ますますご発展のことゝ慶賀①にたえません。

　弊社は芝刈機②・噴霧機の台湾地区輸入販売商として、他社の追

随を許さない実績③を築いてまいりました。

　実は当地新聞にて御社の業務広告を拝読いたし、甚だ興味④を感

じております。

　恐れ入りますが、上記商品のカタログを急いでご送付ねがいます。

とりあえずお願いまで　　　　　　　　　　　　　　　　　敬具

文例９６　請求寄送商品目錄

【註釋】
①慶賀：（名）慶賀　例：慶賀にたえない／不勝喜慶
②芝刈機：刈草機械
③実績：（名）實績，實際成績　例：実績をあげる／作出實際成績
④興味：（名）請看文例70註②　例：甚だ興味を感じる／甚感興趣

請寄貴商品目錄

敬啟者　獲悉貴公司更加發展，不勝喜慶。

　　敝公司係刈草機・噴霧機之台灣地區進口銷售商，而業已建立了
他公司趕不上的實際成績。

　　在本地報紙上，閱讀貴公司之業務廣告，頗感興趣。

　　對不起，請您立即將上述商品目錄寄來。

　　先此拜託　　　　　　　　　　　　　　　　　　　　　謹啟

文例97　カタログ送付のご案内

1981.11.15

遠東貿易股份有限公司　御中

東京貿易株式会社

カタログ送付のご案内

拝復　貴公司ますますご隆昌のこととお喜び申しあげます。

　さて11月10日付貴信ありがたく拝見いたしました。

ご高承のように①芝刈機と噴霧機は、弊社製品の中でも、いちばん

自信②を持って推奨する③に足る高性能④の品物でございます。

　少量でも結構ですから、ご用命くださいますようお待ちしており

ます。

　別便Air Mailにて当社カタログをご送付申しました。

　なにとぞ御査収ねがいます　　　　　　　　　　　　　　敬具

文例９７　寄出商品目錄之通知

【註釋】

①ご高承のように：如您所知；請看文例２４註④

②自信：（名）信心　例：勝つ自信がある／有獲勝的信心；
自信が強い／非常有信心。

③推奨する：（他サ）〔文〕推薦　例：多くの学者が推奨する本／許多學者
所推薦的書。

④性能：（名）性能，效能，效率　例：高性能の飛行機／具有高度性能的飛
機。

寄出商品目錄之告知

敬覆者　敬悉貴公司業務日益興隆，至感欣慰。

　　11月10日所發貴函業已拜讀。

　　如您所知，刈草機和噴霧機是在敝公司產品之中，最有信心值得
向您推薦的具有高度性能的貨品。

　　少量亦無不可，敝方正等待着貴公司之訂單。

　　另函以航空寄送了本公司的商品目錄。

　　敬請查收　　　　　　　　　　　　　　　　　　　　謹啟

文例98　年賀状①と見舞い状②

I 年賀状

例文(1)

明けましておめでとうございます

　旧年中③はひとかたならぬご愛顧を蒙り、ありがたく厚くお礼
申しあげます

　本年も相変らず④お引立くださるよう、ひとえに⑤お願い申し
あげます

例文(2)

謹賀新年

　創業10 周年の新春を迎え、各位のご愛顧を深く感謝申しあげ
るとともに、今後いっそうのご奉仕①をお誓い②いたします

文例98　賀年信與慰問信

I 賀年片

例文(1)

【註】①年賀状：（名）賀年片（信）　例：年賀状を出す／寄賀年片
　　　②見舞い状：（名）慰問信，問候信
　　　③旧年中：去年裡
　　　④相変らず：（連語。副）仍舊，照舊（＝いつものとおり）
　　　⑤ひとえに：（副）專心，誠心誠意　例：この事につきご配慮
　　　　　　のほど、ひとえにお願い申しあげます／關於這事
　　　　　　深望多多費心。

【譯】　恭　賀　新　禧

　　　　去年裏承蒙格外惠顧，深表謝意

　　　　今年亦請照舊賜顧，耑此懇求

例文(2)

【註】①奉仕：（名）服務，效力　例：いっそうのご奉仕／更多的服
　　　　　　務
　　　②誓う：（他五）起誓，發誓，宣誓　例：私は誓って言う／我
　　　　　　向你起誓（保證）。

【譯】　恭　禧　新　年

　　　　值此迎接創業十週年之新春，深謝各位之惠顧，並向您

　　　　保證今後當盡更多的服務

Ⅱ 暑中見舞い状

例文(1)

暑中お見舞い①申しあげます

　まいまい②ご高配にあずかり感謝にたえません

　　今後もいっそうご愛顧のほどひとえに願いあげます

例文(2)

暑中お伺い①申しあげます

　まいどお引立にあずかりましてありがとうございます

　　ますますご支援を賜りますよう切にお願い申しあげます

Ⅱ暑中慰問信

例文(1)

【註】 ①見舞い^{みま}：（名）探問，慰問 例：病人を見舞う／慰問病人

       ②まいまい：（副）（＝まいど）毎次，毎毎，時常，常常

          例：まいまいの事だ／常事，屢見不鮮的事

【譯】 謹致暑中慰問之忱

      每次承蒙照顧，不勝感謝

      今後尚請更加愛顧，於此衷心懇託

例文(2)

【註】 ①伺い^{うかが}：（名）〔謙遜語〕問安，請安，「うかがう」的名詞形

         例：暑中^{ショチュウ}お伺い／暑中問安

   「注意」：與文例2註①，文例6註⑤，其義不同。

【譯】 謹致暑中問安之意

      每蒙惠顧，至為感謝

      敬請賜予更多的支援，一再拜託

文例99　在庫の照会

橋本写真工業株式会社　御中

偉峰貿易股份有限公司

在庫のお問い合わせ

拝啓　まいど格別のお引立を蒙り、まことにありがたく存じます。

　さて下記の品、只今御社にお持合わせ①がありましょうか。

在庫の節②はC.I.F Keelung 価格とも折返しご一報煩わし③たく

願います　　　　　　　　　　　　　　　　　　　敬具

記

「品名」	「注文予定数」	単 価〔C.I.F Keelung〕
ニコン・スーパーズーム 8ミリ撮影機	5台	U.S.$
コニカ・シングル8－6TL	10台	U.S.$
コニカ・スコープオートロード スーパー	10台	U.S.$

以上

文例９９　存貨之照會

【 註釋 】

①持合わせ：（名）持有，現有；現有（的東西）

　　　　　　例：持合わせの品／庫存品，現有貨品；

　　　　　　あいにく持合わせがない／不湊巧現在手裏没有。

　　　　「注意」：持合わせ，問合わせ，打合わせ，三詞之異義及運用。

②節：（名）時候（＝折、とき）　例：その節／那時候；

　　　　お暇の節は……／您有空的時候……

③煩わす：（他五）麻煩，使……受累　例：お手数を煩わしました／太麻煩

　　　　（您）了；訪日の節はご一報を煩わしたい／訪日時希望通知一下。

存貨之照會

敬啟者　每蒙格外照顧，衷心感謝。

　　下列貨品，現在貴公司有無庫存？

如有庫存，煩您立即將運費，保險費在內基隆價，一併告知一下：

謹啟

記

「品名」	「預定訂購數」	單價 〔 C.I.F. 基隆 〕
尼空，超級 8 粍攝影機	5 台	U.S.$
可尼加單式 8 － 6 TL	10 台	U.S.$
可尼加，綜藝，自動超級	10 台	U.S.$

以上

文例100　在庫照会へのご回答

1982.7.22

偉峰貿易股份有限公司　御中

橋本写真工業株式会社

お問い合わせの商品について

拝復　日ごろ格別のご愛顧をいただき、厚く感謝いたしております。

さて7月18日付のご照会状①ありがたく拝見いたしました。

お問い合わせの品の中、只今品切れ②のものがありますが、今月末までには必ず入荷しますので、ご注文には間に合える③はず④ですからよろしくお願い申しあげます。　　　　　敬具

記

「品　　名」	「数量」	単価 〔 C.I.F Keelung 〕	「備考」
ニコン・スーパーズーム 8ミリ撮影機	5台	U.S.$ 240.-	在庫あり
コニカ・シングル8－6TL	10台	U.S.$ 260.-	在庫あり
コニカ・スコープオートロード スーパー	10台	U.S.$ 135.-	目下品切れ 7月末入荷 確実

追申：ご注文予定数を考慮に入れた単価を出しましたから、貴意にそいうる⑤ことゝ確信いたします。ご用命をお待ちしております。

以上

・258・

文例１００　對照會存貨之回答

【 註釋 】
①照会状：（名）照會信，詢問函，查詢函
②品切れ：（名）請看文例４６註②　例：目下品切れにつき、ご注文に応じ
　　　かねます／因目前無貨，礙難接受訂購。
③間に合える：（＝間に合うことができる）能趕得上，能來得及
④はず（筈）：（名）（表示預定）當，該，請看文例８４註①
⑤そいうる：能符合

關於貴照會之商品

敬覆者　平素承蒙格外的照顧，深表謝意。

　　７月18日貴詢問函業已拜悉。

　　貴公司所照會之貨品，其中有的是目前無存貨，但至本月底一定
會到達，應來得及供應您的需要，因此敬請賜顧為禱。　　　　謹啟

記

「品名」	「數量」	單價 「C.I.F基隆」	「備考」
尼空，超級 8 糎攝影機	5 台	240 美元	有存貨
可尼加單式 8 − 6 TL	10 台	260 美元	有存貨
可尼加，綜藝，自動超級	10 台	135 美元	目前無貨 確定 7 月底進貨

再啟者：敝方考慮貴公司之預定訂貨數量而算出了單價，確信能符合

　　　　尊意。等待着貴吩咐　　　　　　　　　　　　　　　以上

第5章　貿易關係略語・慣用語一覽表
（常用貿易英・日・中文對照表）

（※注意：本表亦列出對日貿易多用的略語和慣用語。）

A.A	Automatic Approval（System）	自動承認（制）	「日本のみ」
A.A.R	Against All Risks	全危険に備える	投保全險
a/c	Account	勘定、口座	帳，帳戶
A1	first-class	第一流の	第一流，第一級（船）
ad(s)	advertisement(s)	広告	廣告
ad.val.	ad valorem(according to (duty) value)(duty)	価格に従った（税）	從價（稅）
adv.	advice	通知	通知
A.I.Q.	Automatic Import Quota （System）	自動輸入割当（制度）	「日本のみ」
A.M.	ante meridiem (forenoon)	午前	上午
amt.	amount	金額	金額
a/o	account of	…の口座に入れる	記入……帳内
approx.	approximately	約	大約
A/P	Authority to purchase	手形買取授権書	委託購買證
A/R	All Risks	全危険（担保）	全險、擔保一切危險
A/S	Account Sales	売上勘定書	銷貨帳單
A/S	at sight	一覧払い	見票即付

a/s	after sight	一覧後…日払い	見票後限期付款
asst.	assistant	助手・補佐する人	助手、助理
Asst.Mgr.	Assistant Manager	副支配人	副（經）理
att.	attention	注意・ご注意	注意、請注意
bal.	balance	残高	餘額、差額
B/D	Bank Draft	銀行手形	銀行滙票
Bd.	bond	社債	公司債
B/E	Bill cf Exchange	為替手形	滙票
b/f	brought forward	繰越（前頁より）	承前頁（簿記用語）
Bl	Bone	第二流の	第二級（船）
bldg.	building	ビル（ディング）	大廈、大樓
B/L	Bill of Lading	船荷証券	提貨單、載貨證券
b/o	brought over	持越	轉記（簿記用語）
b.o.	branch office	支店	分公司
B/P	Bills Payable	支払手形	應付票據
B/R	Bills Receivable	受取手形	應收票據
B.S.	Balance Sheet	貸借対照表	資産負債表、餘額表
C/一	Case	箱・ケース	箱
C&F	Cost and Freight	運賃込値段	運費在内價
carr.fwd.	carried forward	（次頁へ）繰越	過次頁
cat.	catalogue	カタログ	商品目錄
C.C.I.	Chamber of Commerce and Industry	商工会議所	「主として日本」

C'ft.	cubic feet	立方フィート	立方呎
C.H.	Custom House	税関	海關
	Clearing House	手形交換所	票據交換所
C.I.F.	Cost, Insurance and Freight	運賃保険料込値段	運費保險費在內價
C.I.F.&C.	Cost, Insurance, Freight and Commission	運賃保険料口銭込値段	運費保險費與佣金在內價
cld.	Cleared	通関ずみ	已通關
C/N	Credit Note	貸方票	貸項清單
	Consignment Note	委託販売書	寄銷清單
c/o	care of	…気付、…方	轉交
C/O	Country of Origin (Certificate of Origin)	原産地証明書	産地證明書
C.O.D.	Cash on Delivery （英） Collect on Delivery（美）	貨物引替払い	到貨付款
coll.	collection	集金	收款
comm.	commission	手数料、口銭	手續費、佣金
Con.inv.	Consular invoice	領事送り状	領事開出清單
Corp.	Corporation	会社	公司
C/P	Charter Party	傭船契約	租船契約
C.P.A.	Certified Public Accountant	公認会計士	公認會計師
cr.	credit	貸方	貸方
C/S	cases	（単数は C／一） 箱	箱
Ctge	Cartage	車馬賃	車馬費、運費
curr.acct.	Current account	当座預金	活期存款
C.W.O.	Cash with Order	現金注文	現款訂貨

Cy	currency	通貨	通貨、流通貨幣
D／A	Documents against Acceptance	手形引受書類渡し	承兌交付提單
D／D	Demand Draft	要求払い手形	即期滙票
D.D.	Documentary Draft	荷為替手形	跟單滙票、押滙
dept.	department	部・課	部、課
dft.	draft	手形	滙票
Dir.	Director	取締役・理事	董事、理事
dis;disc.	discount	割引	折扣、貼現
dish'd; dishd.	dishonoured; dishonored	不渡り、支払（引受）拒絶	退票、拒絶承兌
divd.	dividend	配当・配当金	分紅
D.M.	Deutche Mark	ドイツ・マルク	德國馬克
D／N	Debit Note	借方票	借項清單
D／O	Delivery Order	荷渡指図書	提貨單、出貨憑單
doc(s).	document(s)	書類	文件
doz.	dozen	ダース	打
do.	ditto(the same)	同上	同上、相同
D／P	Documents against Payment	手形支払書類渡し	付款交單
Dr.	Debit;Debitor	借方・債務者	借方、債務人
～d／s	～days after sight	一覧後～日払	見票後～日付款
dup.	duplicate	写し、第2部目の	副本、影本
ea.	each	各	各、每一
Enc(s).	Enclosure(s)	同封物	同函、附函、附件

Encl(s).	Enclosure(s)	同封物	同函、附函、附件
Encd.	Enclosed	同封の	同函奉上
entd.	entered	記帳済 <small>きちょうずみ</small>	已入帳
E.&O.E.	Errors & Omissions	誤記、脱漏この <small>ごき だつろう</small>	如有錯誤與漏
	Excepted	限りにあらず <small>かぎ</small>	列，請更改
E／D	Export Declaration	輸出申告書「 日 <small>ゆしゅつしんこくしょ</small> 本のみ 」	
eq.	equivalent	同等の <small>どうとう</small>	同値、等於
etc.	et cetera (= and so on)	など	等等
Ex.	Examined	点検済（書類な <small>てんけんずみ</small> ど ）	検査完畢（文件 等）
	Exchange（Rate）	交換・為替（率） <small>こうかん かわせ りつ</small>	兌換、滙率
f.a.a.	free of all average	賠償責任を負わ <small>ばいしょうせきにん お</small> ない	不負賠償責任 （水險用語）
F.A.Q.	Fair Average Quality	標準中等品質 <small>ひょうじゅんちゅうとうひんしつ</small>	中等品
F.A.S.	Free Alongside Ship	本船船側渡し <small>ほんせんせんそくわた</small> （値段） <small>ねだん</small>	船邊交貨價
F.i.	Free in	船主荷積費用無 <small>せんしゅにつみひようむ</small> 負担 <small>ふたん</small>	船主不負擔裝貨 費用
F.i.o.	Free in and out	船主荷積荷揚費 <small>せんしゅにつみにあげひ</small> 用無負担条件 <small>ようむふたんじょうけん</small>	御裝費船主不負 責之備船契約
F.O.	firm offer	確定申込み <small>かくていもうしこ</small>	限期承諾而開價
F.o.	Free out	船主荷揚費用無 <small>せんしゅにあげひようむ</small> 負担 <small>ふたん</small>	船主不負擔卸貨 費用
F.O.B.	Free on Board	本船渡し値段 <small>ほんせんわた ねだん</small>	船上交貨價
f.o.c.	free of charge	無料 <small>むりょう</small>	免費

F.O.R.	Free on Rail	貨車渡し値段	貨車（鐵路）交貨價
F.O.T.	Free on Truck	トラック渡し値段	貨車（卡車）交貨價
F.P.A.	Free from Particular Average	単独海損不担保条件	單獨海損不賠償
frt.fwd.	freight forward	運賃着払い	運費到貨支付
frt.ppd.	freight prepaid	運賃元払い	運費已付
G／A；G.A.	General Average	共同海損	共同海損
G.A.T.T.	General Agreement on Tariffs and Trade	関税と貿易に関する一般協定	關稅及貿易總協定
G.M.B.	Good Merchantable Brand	優良品（金物売買の）	容易出售之品牌（金屬買賣時）
G.M.Q.	Good Merchantable Quality	品質異状なし	容易出售之品質
G.P.O.	General Post Office	郵便本局	郵政總局
G.W.	Gross Weight	総重量	毛重
hf.	half	半分	一半
H.O.	Head Office	本社・本店	總公司、總行
H.P.	Horse-power	馬力	馬力
Hq.	Headquarters	本部	總部
ibid.	ibidem(in the same place)	同上	在同一地方
I.C.C.	International Chamber of Commerce	国際商業会議所	國際商會
i.e.	id est (that is)	即ち「説明用」	即、就是
Inc.	Incorporated	株式会社組織の	股份有限公司組織的
Incl.	Inclosure	同封物	附件、同函奉上

ince.	insurance	保険	保険
inst.	instant	今月の	本月
Int.	Interest	利息「金融用語」	利息
Inv.	Invoice	送り状	發票、貨單
invt.	inventory	財産目録・棚御表	財産目録、盤存表
IOU	I owe you	「略式」借用証書	借據
I.Q.	Import Quota (System)	輸入割当(制度)「日本のみ」	
JETRO	Japan External Trade and Recovery Organization	日本貿易振興会「日本のみ」	
J.I.S.	Japanese Industrial Standard	日本工業規格	日本工業規格
Kg(s).	Kilogram(s)	キログラム	公斤
L／A	Letter of Authority	買取授権書	購買授權書、委託書
Ib(s).	pound(s) (libra)	ポンド（英国重量単位）	磅
L	pound	ポンド（英国貨幣単位）	鎊
L／C	Letter of Credit	信用状	信用狀
L.D.Tel.	Iong distance telephone	長距離電話	長途電話
L／G	Letter of Guarantee	保証状	保證函
L.T.	Letter Telegram	書状電報	書信電報
l.t.	long ton	英トン	英噸（＝2,2401 bs.）
Ltd.	Limited	有限責任	有限責任

L.I.P.	Life Insurance Policy	生命保険証券	人壽保險單
max.	maximum	最大限（量）・最高額	最高額（量）
mdse.	merchandise	商品	商品、貨物
memo	memorandum	メモ・備忘・覚書	備忘錄
Messrs	Messieurs	殿（複数男性に対し）	先生（複数）
mfg.	manufacturing	製造	製造
mfr.	manufacturer	製造者	製造商
mfg.co.	manufacturing company	製造会社	製造公司
mgr.	manager	支配人・責任者	經理、負責人
min.	minimum	最小限（額・量）	最少（額、量）
mkt.	market	市場	市場
M.I.P.	Marine Insurance Policy	海上保険証券	海上保險單
MITI	Ministry of International Trade and Industry	通商産業省「日本のみ」	
Mmes.	Mesdames	殿（女性複数に対し）	女士、夫人（複数）
M.O.F.	Ministry of Finance	大蔵省	財政部
m.p.h	miles per hour	時速…マイル	時速……英里
Mr.	Mister	殿（単数男性）	先生（單數）
M/R	Mate's Receipt	本船受取証	大副收貨單
Mrs.	Mistress	殿（単数女性）	女士、夫人（單數）
m/s	months after sight	一覧後…か月払	見票後……月付款

M/S ; M.S.	Motor Ship	発動機船	馬達船、輪船
M/T	Metric Ton	メートル・トル	公噸
		(1,000kgs.)	
M/V ; M.V.	Motor Vessel	発動機船	馬達船、輪船
N.B.	Nota Bene (take notice)	注意	注意
N/F	no funds	資金なし・預金 なし	無資金、無存款
nil.	nothing	なにもない	無
No.～	Number ～	～番・番号	～號、號碼
n/p	no payment	支払拒絶	拒絶付款
N.W.	Net Weight	純重量	浄重
N.Y.K.	Nippon Yusen Kaisha	日本郵船会社 「日本のみ」	（貨輪公司）
O/A	Open Account	精算勘定	交互計算
o/a	on acconut of	～の勘定で	記入某帳
o/d	on demand	要求払い	見票即付
%	per cent	パーセント	百分率
‰	per thousand (mille)	パーミル・千分 率	千分率
O.K.	all correct	同意する・相違 なし	同意・没有錯誤
O.P.	Open Policy	予定保険証券	預定保険單、未 確定保單
O.S.K.	Osaka Shosen Kaisha	大阪商船会社「 日本のみ」	
P.	per ; page	～につき・ページ	毎～、頁
P/A	Power of Attorney	委任状	委任狀

pamph.	pamphlet	パンフレット	小冊子
par.	paragraph	節^{せつ}	段、節（文章等）
Pat.	Patent	特許^{とっきょ}	專利
pc.	piece	一片^{ひときれ}・一個^{いっこ}	件、個
p.c.	price current	時価^{じか}	時價
pd.	paid	払込済^{はらいこみずみ}	已付清
per pro.	per procurationem	代理^{だいり}で	代理
(p.p.)	(on behalf of)		
pkg.(p'kg.)	package	包装^{ほうそう}（梱包^{こんぽう}）	包裝
P.& L.	Profit and Loss	損益^{そんえき}	損益、盈虧
p.m.	post meridiem (afternoon)	午後^{ごご}	下午
P.M.O.	Postal Money Order	郵便為替^{ゆうびんかわせ}	郵政滙票
P/N	Promissory Note	約束手形^{やくそくてがた}・（約^{やく}手^て）	期票、本票
P.O.〔Box〕	Post Office〔Box〕	郵便局^{ゆうびんきょく}〔私書箱^{ししょばこ}〕	郵局〔信箱〕
P.O.D.	Pay on Delivery	代金引換渡^{だいきんひきかえわたし}	現金交貨
prox.	proximo (next month)	来月^{らいげつ}	下月
P.S.	Postscript	追申^{ついしん}・追白^{ついはく}	再啓、附述
Pref.	Prefecture	県^{けん}「日本」	縣
P.T.O.	Plese Turn Over	裏面参照^{うらめんさんしょう}	請翻閱背面
P.X.	Post Exchange	酒保^{しゅは}〔軍^{ぐん}〕	酒吧
qlty.	quality	品質^{ひんしつ}	品質
qty.	quantity	数量^{すうりょう}	數量
quotn.	quotation	見積値^{みつもりね}・見積書^{みつもりしょ}	估價、報價、估價單
re	with reference to	～に関^{かん}して	關於～、～一件
ref.	reference	参考^{さんこう}・問合^{といあわ}せ	參照、照會

Rd.	Road	～通り	路、道
R.I.	Re-Insurance	再保険	再保険
remit.	remittance	送金	滙款
rm.	ream	連（紙単位）	1 捆紙張
R.P.	Replies Prepaid	返信料前払電報	預付回電費電報
R.S.V.P.	r'epondez s'il vous plait（法文）	ご返事ください	敬請函復、敬候覆函
$	dollar(s)	ドル	美元（U.S.$）
$A	Australian Dollar	濠州ドル	澳元
Sec.;Secy.	Secretary	秘書	秘書
sgd.	signed	署名済	已簽名、批准
sig.;sigre.	signature	署名	簽名
S/N	Shipping Note	船積指示書	裝貨通知單
S/O	Shipping Order	船積指図書	裝船通知單
S.O.S.	save our ship (soul)	救助を乞う（海難信号）	求救訊號
S.R.&C.C.C.	strikes,riots,and civil commotion clause	ストライキ・一撥・暴動	罷工、暴動與内亂各條款
sq.ft.	square feet	平方フィト	平方呎
S/S;S.S.	Steam Ship	蒸汽船	汽船、輪船
S.T.	Short Ton	米トン	美噸（=2,000 lbs.）
S/V;S.V.	Steam Vessel	蒸汽船	汽船、輪船
～St.	～Street	～通り	～街道
St.Dft.	Sight Draft	一覧払手形	見票即付票據
sund.	sundries	雑貨	雜貨
T.C.	Telegraphic Collation	照合電報	校正電報
thro.	through	経由・通し運送	經由、聯運

T.L.	Total Loss	全損	全損、全部損失
T.L.O.	Total Loss Only	全損のみ担保	僅擔保全損（保險用語）
T.P.&N.D.	Theft, Pilferage and Non-Delivery	盗難・不着（担保条件）	盜竊遺失險
trip.	triplicate	第三通コピー	第三件副本
T/R	Trust Receipt	信託受領証	信託提貨證
T.T.	Telegraphic Transfer	電信為替	電滙
ult.;ulto.	ultimo (last month)	先月	上月
vs.	versus;against	に対して	對於
via	by way of	経由して	經由
viz.	videlicet (namely)	即ち	即、就是
vol.	volume	容積	容積
V.P.	Vice-President	副社長	副董事長
V.V.	vice versa	逆もまた同じ	反之亦然
W.A.	With Average	単独海損担保	負責單獨海損
W/M	Weight or Measurement	重量または容積	重量或容量
W.P.A.	With Particular Average	W.A.と同じ	
W.R.	War Risk	戦時危険（保険）	兵險、戰險
wt.;wgt.	weight	重さ	重量
W/W	Warehouse to Warehouse	倉庫から倉庫まで	從此倉庫運到另一倉庫
¥	Yen	円	日圓（日本貨幣單位）
Y.A.R.;Y/A	York-Antwerp Rules	ヨーク・アントワープ規定	約克・安特瓦普規定（海上保險用語

yd(s).	yard(s)	ヤード	碼（S為複數）
Y hama	Yokohama	横浜	横濱
#	number	番号	號碼
@	at	～につき	毎

第6章　敬語の使いかた(敬語用法)

我們中國人學日語文，講日語寫日文，常常因爲不懂正確的敬語用法鬧出不少笑話。個人的交往，對方或許會原諒我們是中國人所以不以爲怪；但各位想想看，你如果是一個公司的代表或一個國家的外交官，接洽業務或公務時，無法妥適地運用敬語，影響是多麼地大？

一敬語的意義

我們指事物或寫文章時，常常對第三者或對方的動作等，表示敬意而對自己的舉動，則盡量表示謙虛或客套。在社交場合上，交談或應對方面所用的特別用語，稱爲敬語。

日語文的敬語特別多，使用方面似乎也有過份之處，不過商業上，『禮多人不怪』，今日我們既學貿易・商業日文，就有了解其內容之必要。

二敬語的種類

日語文的敬語有下列四種：

1. 尊稱語　對第三者或對方之動作、存在、性質、情態、所有表示尊敬所用的語詞。

2. 謙稱語　凡對自己的一切表示謙虛所用的語詞。

3. 客套語　凡向對方直接表示敬意所用的語詞。

4. 美化語　既不是尊敬，也不是謙虛，只是把說話的方式，說得慇懃、高尙一點而所用的詞語。

三尊稱語

1. 加上表示尊敬的接辭

(1)加接頭語「お」「ご」「おん」「貴」「令」「高」等。

お　　お手紙（華翰）　お宅（貴府、府上）
たく

ご　　ご安心（請放心）　ご覧（請看）　ご相談（商量）

おん　御社（貴公司）
おんしゃ

貴　　貴社（貴公司）　貴店、貴地、貴兄（尊兄）
きしゃ　　　　　きてん　きち　きけい

令　　令息（公子）　令嬢（令愛）
れいそく　　　　れいじょう

高　　高見，高承（承知の敬語）
こうけん　こうしょう　しょうち

(2)加接尾語

さん　山田さん（山田先生）　ふじ子さん（富士子小姐）
やまだ

君　　岡山君　正雄君
おかやまくん　まさおくん

　　　但此詞現在對於相等、晚輩或部下的呼稱。已喪失了原

　　　來尊敬之意。

様　　蔵本様（蔵本先生）　伯母様（伯母大人）
くらもとさま　　　　　　おばさま

　　　社長様（董事長）
しゃちょうさま

殿　　部長殿，課長殿（課長）
ぶちょうどの　かちょうどの

先生　校長先生（校長）　中島先生（中島老師）
こうちょうせんせい　　　なかじま

夫人　福永夫人
ふくながふじん

女史　伊藤女史（伊藤女士）
いとうじょし

(3)接頭語與接尾語併用

　　　お父さま（爸爸）　お嬢さま（小姐）　お二人さま（您倆）
とう　　　　　　じょう　　　　　　　ふたり

2 使用敬稱的單語

(1)敬稱代名詞

　　　あなた（您）　どなた（哪一位）　この方（這位）
かた

あの方（那位）
^{かた}

(2)敬語動詞

　　いらっしゃる（居る、来る、行く）――來、去。
　　　　　　　　　^い　^く　^い

　　おっしゃる（言う）――說。
　　　　　　　^い

　　なさる、遊ばす（する）――做。
　　　　　　^{あそ}

　　あがる、めしあがる（食う、飲む）――吃、喝。
　　　　　　　　　　　　^く　^の

　　下さる（くれる）――給。
　　^{くだ}

3.加表示尊敬之意的助動詞或補助動詞

　(1)表示尊敬的助動詞――無適當的中文可譯。

　　れる　られる　せられる　される　させられる

　(2)表示尊敬之意的補助動詞――無適當的中文可譯。

　　いらっしゃる　くださる　なさる　あそばす

四謙稱語

　1.使用表示謙稱之意的接頭語
　　弊社（敝公司）、小生（敝人）、拜見、愚見、拙宅、拙著、
　　^{へいしゃ}　　　　　^{しょうせい}　　　　^{はいけん}　^{ぐけん}　^{せったく}　^{せっちょ}
　　微意、寸志
　　^{びい}　^{すんし}

　2.使用表示謙稱之意的單語

　　(1)謙稱代名詞

　　　わたくし、わたし、僕
　　　　　　　　　　　　^{ぼく}

　　(2)謙稱動詞

　　　あげる、さしあげる（やる）―――給、奉上

　　　いたす、つかまつる（する）―――做

　　　いただく（もらう、食う、飲む）――要、吃、喝
　　　　　　　　　　　　　^く　^の

あがる（訪ねる、行く）————— 拜訪、去

うかがう（訪ねる、聞く、尋ねる）—拜訪、打聽

承る（聞く、承諾する）————— 聽、承諾

存ずる（思う、知る）————— 想、知道

参る（行く、來る）————— 去、來

申す、申し上げる（言う）———— 說

3. 加上表示謙稱之意的補助動詞

いたす　お詫びいたす（致歉）

失礼いたす（對不起）

申す　お誘い申す（邀請）

申し上げる　御心配申し上げる（爲……就心）

五客套語

1. 使用客套之意的單語

でございます（である、だ）——— 有

たべる、いただく（食う）———— 吃

いたします（する）————— 做

ております（ている）

て参ります（て来る）

2. 使用表示客套之意的助動詞

ます、です（だ）

3. 此外客套語還有：

こちら（こっち）　そちら（そっち）　あちら（あっち）

どちら（どっち）　いかが（どう）等々。

六美化語

加「お」「ご」等接頭語，用來美化語詞

お酒 お茶 お菓子 お土産 ご飯（飯） お手洗い（便所）

〔註〕：請各位學習者參看下列書籍，以進一步瞭解日語文的敬語用

法。

①蔡茂豐編著

現代日語文的句法（文笙書局）

第七章 敬語 P.154～P.204

②蔡茂豐編著

（中日對照文法詳註）日本語第二册（大新書局）

第三課 敬語 P.18～P.24

③蔡茂豐博士著

日本語讀本 第二册（東吳大學日本文化研究所印行）

第三十八課 敬語 P.138～P.144

第7章　ファクシミリならこう書ける

△ どこまで簡略化できるかFAXの文面①

　モノをつくるところを工場，英語ではfactoryというが，facsimileは，factory の親戚すじにあたる。② fac〔つくる〕＋ simile〔似たもの〕でできあがっているからだ。

　この facsimile の略語が fax。辞書③にはまだほとんど出ていないが，実務では100パーセントが fax であり，facsimile とわざわざ④言う人はいない。欧州ではこれを telefax とよぶ国もあり，PLS TELEFAX〔テレファクスで送ってください〕とレター⑤で依頼してくることがある。

　ファクスは，テレックス⑥とちがって，文字ばかりでなく，図表や絵や写真を送ることもできる。だから，レターもきちんと体裁⑦をととのえた正式のものを英文タイプでつくり，サインし⑧て，

第7章　用傳真機可這樣寫

【註釈】

①文面：(名)（文章或書信的）字面。

②親戚すじにあたる／有親戚關係

③辞書：(名)辭典（＝じてん）　例：辞書をひく／查辭典。

④わざわざ：（副）特意,特地（＝とくべつに）

⑤PLS：PLEASE（どうぞ）的略語。

⑥レター：letter；テレックス：telex　打字電報機。

⑦きちんと体裁をととのえた／具有良好形式的

⑧サイン（sign）する／簽名,簽字

〔譯文〕

△ FAX的字面,能簡化到什麼程度？

做貨品的地方叫工廠,英語叫 factory,而 facsimile 與 factory 有親戚關係。因爲是由 fac（做）加 simile（相似東西）構成。

這 facsimile 的略語是 fax。在辭典裡幾乎尚未出現,但實務上是百分之一百使用 fax,沒有人特意說 facsimile。在歐洲也有把它叫做 telefax 的國家,如 PLS　TELEFAX〔請以 TELEFAX 發信〕,這樣地以書信來請求。

fax 與 telex 不同,不但能發出文字,也可以傳出圖表、畫以及照片。所以書信只要用英文打字機打好具有良好形式的正式信件,而簽名之後,

そのまま①送ればよい。

　さて，本章で説明したいのは，ファクスで送るとき，ふつうのレターの文面をどの程度，いわゆる電文に近づけることができるか，ということである。そっくり②原稿どおりに送れるのだから，なにも原稿を電文化することはないじゃない，と考える人もあるが，数ページにわたる③通信文はもちろん，１ページにおさまる④内容であっても，簡略化できるところは簡略化したほうがつくりやすいし，送る手間⑤もかからない。

　論より証拠⑥，あとに並べた実例１〜６を眺めてみよう。レイアウト⑦は，テレックスと同じでよい。

【註釈】

①そのまま／就那様,照原様。

②そっくり：（形動）一模一様

③数ページにわたる／涉及幾頁的

④1ページにおさまる／可放在一頁裡

⑤手間がかかる／費時

⑥論より証拠／事實勝於雄辯

⑦レイアウト layout：㈻（報紙、畫報等版面的）設計,文字排列〔＝わりつけ〕,
   排版設計。

〔譯文〕

照原樣發出就可以。

那末，在本章想說明的，是以 fax 發出時，究竟能把一般書信的字面，能所謂電文化到什麼程度？也有人以爲：「因能照原稿一模一樣發出去，又何必將原稿電文化呢？」涉及幾頁的通信文固不用說，即使可放在 1 頁的內容，能簡化的地方還是簡化，比較容易做而且不費時。

事實勝於雄辯，看後列實例 1〜6 吧。文字排列與 telex 相同就可以。

実例1

FAX No: 63 − 123

発信日：MAY 31, 1988

あて先：ABC CO., LTD., LONDON

気　付：MR. T. BROWN

発信人：東京都　XYZ株式会社

月　報　の　件

　当社新製品ラップトップ型パソコン貴国市場で発売以来5カ月が過ぎました。

　貴社時折りの電話による情報の提供に感謝していますが，当社としては来たる6月30日から，毎月規則的に貴営業報告書を拝見することが，どうしても必要なのです。

　ご確認をしていただきたい

　よろしく

佐々木小次郎

実例 2

FAX　No:　88701

発信日：1987 年 11 月 30 日

あて先：泰安電機股份有限公司

気　付：李浩然先生

発信人：明治機械製作所

貴FAX S—7751について

　貴 FAX S — 7751 の問い合わせに対する回答下記します。

1.派遣時期は来年 1 月以降ならいつでもOK

2.MEIKIの寮を提供する

3. 1 〜 2 週間

　なお，エンジニア日本語話せるか否か知らせ乞う。

　どうぞご確認ねがいます

山田　信

実例 3

FAX No:　85769

発信日：1987 年 12 月 1 日

あて先：明治機械製作所

気　付：山田　信殿

発信人：泰安電機（股）

貴FAX　88701への回答

　貴 FAX　88701拝受，下記のとおり返答します：

1. 派遣は 1988 年 1 月 21 日の予定

2. MEIKI の寮に泊まらせる

3. 約 2 週間

　エンジニアの日本語は，日常会話はもちろん，専門技術用語
なども大へん上手である。

　いろいろご配慮くださり，ありがとう。

李　浩　然

実例 4

FAX　No:　88702

発信日：1988 年 1 月 12 日

あて先：嘉騰貿易有限公司

気　付：羅　正　雄　先生

発信人：明治機械製作所

日本プラスチックショーの件

　貴FAX　S ― 6808 について，次のように返事します：

　15名以上は団体と見なされ，添乗員 1 名のエアチケット無料になる制度あり。日本アジア航空の台北事務所と交渉されるのが得策と思われる。

山田　　信

実例 5

FAX No: 8680

発信日：1987.10.7.

あて先：日本出版貿易 K.K 販売一課

気　付：淺原順一課長

発信人：鴻儒堂書局　黄成業

(1)「魚病診断指針」(I)の在庫とプライスご—報下さい

　　「NHK きょうの料理」(II) 1 年分の価格　　　　〃

(2)新注文

　　「ほっそりみえるすてきなセーター」¥ 680　　10 冊 雄鶏社

　　62 年大学入試問題正解　数学（私立編）　　　各 3 冊 旺文社
　　　　　　　　　　　　　　　　（公立編）

　　例解新国語辞典　　　　　　　¥ 1,600　　10 冊 三省堂

(3)雑誌の変更

　　正　論　　　　　　　70 冊　　87／11 月　　　原 80 － 10

　　ドレスメーキング　　6 冊　　87／12 月　　　原　5 ＋ 1

　　家の光　{ 弊局 F 8667 の注文は 37 冊，9 月 2 便着
　　　　　　　 10 月號 34 冊，不足 3 冊至急発送ねがう

(4) F 8676 注文の " 中学作文のじょうずな書き方 "（旺文社）20 冊
　　及び編み物，10 月 15 日までに着荷するように。

(5) F 8678 注文の " 日本語ジャーナル創刊号 " 追加注文 10 冊計 20 冊

　　　　　　　　　　　　　　　　　　　　　　以　上

実例6

日 本 出 版 貿 易 株 式 会 社

JAPAN PUBLICATIONS TRADING CO., LTD. TOKYO, JAPAN

FAX No. 8103292 ATTN：鴻儒堂書局　黄成業　様

FROM 販売一課 （浅原） DATE *OCT* 7 1987 REF.No.1059

貴FAX8680受信ずみ

(1)在庫と価格

「魚病診断指針」新水産新聞社(I)定価￥6,000 在庫あり

(II)品切，重版未定

「NHKきょうの料理」年12回@￥380 ￥4,560

(2)「家の光」10月号不足３冊大変迷惑かけました。10月1便c／t

No. 506にて出荷，しばらくお待ち乞う。

(3)貴FAX　8676　ご注文の書籍は，10月1便に積込んだが，残念な

がら「中学作文のじょうずな書き方」旺文社20冊は間にあわなか

った。また「元気一番の外丹功」（ABC　出版）10冊も，棚卸の

関係で入荷が遅れ，10月2便で送付します。

(4)「日本語ジャーナル」創刊号追加10冊計20冊のご注文手配ずみ、

10月2便ご送付予定。

(5)10月の船便スケジュールは下記のとおり

10月第1便 " ASIA　ACE " $^{10}/_{17}$ 出港（台風のため３日遅れた

ご了承下さい）

第2便 " BONITA　ACE " $^{10}/_{28}$ 〃

以　上

△ふつうのレターとちがう７つのポイント①

さて，前掲のfaxの実例，ふつうのレターと比べて，何かちがった点に気づい②ただろうか？

(1)インサイド・アドレス（あて先の名前と住所をくわしく書いたレターの冒頭部分）がない。

(2)日付が右肩でなく，左にある。

(3)発信者の名も，右肩の日付の下でなく，左にある。

　　（実例６のように，あらかじめ④社名・住所などを印刷してある社用箋，つまりレターヘッド⑤を使うときは，発信者名をタイプしない）

(4)拝啓にあたる言葉がない。

(5)本文は非常に簡潔。

(6)敬具にあたる言葉がない。

(7)"よろしく"で終わっている。

　ま，ざっと見て⑥以上７つのちがいに気づく。

【註釈】

　①ポイント point：(名)要點（＝ようてん）

　②気づく：（自五）注意到，發覺，理會到，想到

　③インサイド・アドレス inside　address：收信人姓名與住址

　④あらかじめ：（副）先，預先（＝まえもって）例：あらかじめ知らせてください

　　　／請預先通知

　⑤レターヘッド letter　head：印有公司名・住址的信紙

　⑥ざっと見る／略過一目

〔譯文〕

△與一般書信不同的 7 要點

　上列 fax 之實例與一般的書信比較，你是否發覺了什麼不同之點？

(1)沒有 inside address（詳細寫了收信人姓名和地址的書信的冒

　頭部分）

(2)日期不在右上角而在左方。

(3)發信人姓名也不在右上角日期之下而在左方。

　（如實例 6，使用預先印好公司名、地址的公司用信紙即 letter

　head 時，不打發信人名）

(4)沒有相當於“拜啓”一詞。

(5)本文非常簡潔。

(6)沒有相當於“敬具”一詞。

(7)以“關照”結束。

　先略過一目，可注意到以上 7 點不同之處。

しかし，(5)を除いては，通信内容にかかわる①ちがいではない。だからふつうのレターを少し簡潔に書きなおせ②ば，即ち fax の本文になるということがこれでわかる。

慣例と格式③を重んじる紳士淑女の国イギリスでも，fax の普及にともなって，手紙についての考えが変わってきた。大企業でも重要なレターの中身④を，どしどし⑤ファクスで外国の取引先⑥に送信するようになったのである。

①通信内容にかかわる／有關通信内容的

②書きなおす：(他五)重新寫，改寫（＝かきかえる）

③格式：(名)禮節，儀式　例：格式を重んじる／注重禮節，注重形式

④重要なレターの中身／重要書信的内容

⑤どしどし：(副)（按着次序）順利（進行），迅速（進展）（＝どんどん）

⑥取引先／顧客，客戸

〔譯文〕

　但除了(5)以外，其他並不是有關通信内容的差異。因此可以理解，把一般書信改寫爲稍微簡潔，則成爲 fax 的本文。

　在注重慣例及禮節的紳士與淑女之國家英國，隨着 fax 的普及，對書信的想法發生了變化。大企業也變成，將重要書信的內容，迅速以 fax 發信給外國的顧客。

附　録

付録 1：尊敬語・けんそん語の使い方（尊稱語・謙稱語的用法）

關於 對象	自 己 （自分について）	對 方 （相手について）	第 三 者 （第三者について）
当人	私、わたくし、小生 〇〇（姓）、一同	あなた、あなた様、 ご主人様、奥様、ご 一同様、皆様、〇〇 様、先生	〇〇（姓）氏 〇〇（姓）君 〇〇（姓）様 先方
団体	当社、小生、弊社 当店、当所、当課 当方、当庁	貴社、御社、貴店、 貴所、貴工場、貴営 業所、貴庁	同社、同店、同行
社員	当社社員〇〇〇〇 （姓名）	貴社員,貴店員,貴行員 御社〇〇（姓）様	〇〇（姓）氏、社員
住宅	拙宅、私宅、小宅	貴家、貴邸、貴宅、 お宅、尊宅	同氏宅 同氏邸
居所	当地、当地方、当市	貴地、貴地方、御地 御市	同地、同地方 同市、同県
物品	粗品、小宴、寸志 拙著	佳品、ご盛宴、ご厚 志、ご著作	品物、宴会、志著書
てがみ	書状、書面 手紙、寸書	貴状、ご書状、ご書 面、お手紙、おはが き、貴翰	書面、手紙

意見	所見、私見、 私案、考え	ご意見、ご高見、ご 高説、ご所感、ご意 向、お申し越し、ご 教示、お考え	意見、所見、 希望
配慮	配慮	ご配慮、ご高配、 ご尽力、ご容赦、 ご海容、ご寛恕	配慮、尽力 寛恕
受領	拝受、入手、受領	お納め、ご査収、 ご入手、ご受領、 ご高覧、ご笑納	受領、受取
往来	お伺い、参上、ご訪 問、おじゃま、ご面 接	おいで、お越し、 お立ち寄り、ご来社 ご来訪、ご来駕 ご来臨	来訪、お立ち 寄り、お越し

付録２：時候あいさつ用語集（季節問候用語集）

1月（睦月）：

厳寒の候、酷寒のみぎり、厳冬の折柄、大寒の節、時下酷寒、寒気ことのほかきびしゅうございますが、ひとかたならぬお寒さの折柄、近年にないお寒さ、冬来りなば春遠からじといいますが、小寒に入りましてから寒さにわかにきびしく、今年は格別の寒さですが、日ましに寒さがきびしくなってまいりましたが。

「註」：在這些季節用語下，要接的便是

①いかがお過ごしですか

②みなさんお元気ですか

③ご一家の皆さまにはますますご健勝のことと存じます

等問候語便是，以下類推。

2月（如月）：

春寒の候、余寒のみぎり、残寒の節、余寒きびしい折柄、余寒去りやらぬ現下、余寒今にきびしゅうございますが、立春とはいいながらまだ寒気きびしく、寒さややしのぎやすくなりました、まだどこやら寒いが何となく春らしくなりました、大分しのぎよくなりました、立春以来いくぶん春めいてまいり、こよみの上に春は立ちながら、うぐいすの声ものどかに聞こえるようになり、ひと雨ごとにあたたかさを増してまいりました、立春とは名ばかりにて、梅のつぼみもふくらみ、桃の節句も近づきましたのに、春はもうそこまで来ていますが。

3月（弥生）：

浅暖の候、寒暖不同の季節、春暖ようやく相催しました昨今、寒さようやくしのぎよくなりました折柄、ようやく春めいてきましたが、春の足音もきこえるようになりました、若草萌ゆる候、梅一輪一輪ずつの暖かさ、春のけはいもどうやら近づいてきたようでございますが、梅散り桜いまだしの候、春気ようやくきざしてまいりました今日このごろ、日増しにあたたかくなりました、春光が天地に満ちて、暑さ寒さも彼岸までと申しますが、やがて桜もほころびはじめることと、春とはまだ名ばかりの寒さのなか、春の日ざしもやわらかく、しのぎやすくなってきましたが。

4月（卯月）：

春暖の候、桜花の節、春風駘蕩の候、桜花爛漫の好季節となりました、百花撩乱の候、花咲き鳥唄う好時節、春宵一刻千金の好季節、小鳥もうたい花も笑うとき、春もたけなわとなりました、花のたよりに春たけなわを感じます今日このごろ、うらうらと霞みわたりて、春雨しめやかに降りそそぎ、楽しい新学年を迎えて、春の装いも軽快に、春眠暁を覚えず、花に心浮き立つ今日このごろ、若葉のかおりもさわやかな今日このごろ。

5月（皐月）

晩春の候、新緑の折柄、初夏の候、ひと雨ごとに木々の青葉もあざやかに、春たけなわ新樹も美しき緑となり、青葉若葉のすがすがしい今日このごろ、緑したたる五月、半袖のスェーターのさわやかな感触、ゴルフの好シーズン、肌にささやく微風のやさしさ、

初夏の近づく空の明るさ、吹く風も初夏めいて来ました、風かおる五月、さつきの空が晴れわたる今日このごろ、日ごとに真夏を思わせる暑さがつづきますが、新緑が野山に萌える頃となりました。

6月（水無月）

梅雨のみぎり、向暑の節、梅雨うっとうしい折柄、緑の色があざやかに目に映る今日このごろ、初蝉の声きくころ、雲の晴れ間に青空が見える時節、つゆしのぎがたき折から、連日の梅雨に悩まされておりますが、今年はからつゆと見えて毎日暑い日がつづきますが、梅雨があがったと思ったら急に暑くなりました、渓流に若鮎おどるころ、山々の緑もいよいよ濃くなり、梅雨明けの空もすがすがしく、吹く風も夏めき、暑気にわかに加わってまいりましたが、はつらつたる若鮎の姿も店頭にあらわれ。

7月（文月）

酷暑の候、炎暑のみぎり、盛夏の候、厳暑のとき、近年にないお暑さの折から、暑熱はなはだしい今日このごろ、梅雨あけの暑さがつづき、梅雨もあけて爽快な夏がやってきました、三伏の猛暑しのぎがたい折から、舗道も溶ける暑さ、海山の便りにぎやかな今日このごろ、草も木も生気を失う暑さですが、海や山の恋しい季節、何も手につかぬこの暑さ、風鈴を鳴らすほどの風もなく、都の暑さをよそに涼しいあけくれの山荘、涼気満点のホテル、朝露をふむこころよさ、山恋しく水なつかしきころ、蛙の声かまびすしく、蛍追うころとなりました、見わたす限り眩しいほどの明

るい日、みどりの空に一きれの雲が流れ、連日うだるような暑さがつづいておりますが。

8月（葉月）

残暑の節、晩夏のみぎり、残暑なおきびしい折から、秋暑ひときわたえがたき今日このごろ、昨今の　残暑いかにもきびしゅうございますが、立秋とは申せ暑さはますますきびしいようです、朝夕ようやくしのぎよくなってまいりました、暑さもようやく峠を越したようですが、残暑堪えがたく、立秋とは申しながら炎暑未だ衰えず、土用あけの暑さひとしお凌ぎがたく、さすがに朝夕は涼風立って、こよみの上ではもう秋ですが、銀河遠く夜空に美しきころ、天の川さわやかに仰ぐころ、赤とんぼを見かけるようになりました、ようやく秋のけはいが感ぜられるようになりました。

9月（長月）

新秋のみぎり、初秋の候、新涼の季節、新涼もよおす折から、桐一葉の秋、朝夕はだいぶ涼しくなりましたが、秋気ようやく深く、暑さ寒さも彼岸までと申しますが、灯火親しむべき秋、秋色しだいに濃くなってまいりました、台風一過野も山もにわかに秋色を帯び、露の涼しさひとしおの朝夕、日ましに秋の深まるのを感じる今日このごろ、さわやかな新秋の好季節となりましたが、おいおいと秋の夜長になりました、月も星も秋の色になってきました、虫の音美しいころ、たそがれは幕おりるように早く夜になり、初秋のシーズンとなりましたが、朝晩めっきり凌ぎやすくなってきましたが、実りの秋を迎えた今日このごろ、夜しだいに長くなり、

虫の音さえわたるころ。

10月（神無月）

秋冷の候、日々さわやかな季節、秋涼快適のみぎり、天高く気清きこのごろ、秋も深く紅葉の季節となりました、天高く馬肥ゆる秋となりましたが、秋気やや澄みわたるきのうきょうでございますが、白玉の酒が歯に泌みる季節となりました、野に山にハイキングの秋ですが、白菊の香りゆかしい頃となりました、清涼の秋気身にしみ、朝夕はひえびえとして、読書に散策に好適な時節、さびしい秋雨に虫の声も力衰えてきました、冷気日ましに加わるおりから、すがすがしい秋晴れのつづく今日このごろ。

11月（霜月）

向寒のみぎり、霜寒の節、暮秋の候、晩秋の候、寒暖不同の際、日増しに寒くなってまいりました、菊の香りゆかしく、落葉散りしく日々、柿も蜜柑も色づき、うららかな小春日和がつづくこのごろ、紅葉もようやく色あせて、身にしむばかりの夜寒、晩秋初冬のころとなりましたが、白菊の香り高い今日このごろ、朝夕めっきりと冷えこむ今日このごろ、木の葉吹く風もうすら寒く、ゆく秋のさみしさ身にしみて、夕風肌さむく身にしむこのごろ、紅葉に時雨をきく季節となりました、落寞とした夜長のころ、風もとみに冷たく、冬もまじかに感じるこのごろ、紅葉の色もあせ、もののあわれを感じる今日このごろ、降りつづく秋雨に肌寒さを感じる季節、日増しに寒さのつのる昨日今日、落葉さびしく散りゆくころ。

12月（師走）

初冬の候、厳寒のみぎり、歳末ご多忙の折から、いよいよ押し迫りました、年内余日少なくなりました、年末何かとお忙しいことと存じます、今年もようやく押しつまりましたが、寒冷の候、めっきり寒気きびしく、師走の寒さはまた格別ですが、今年も余すところわずかとなり、どうぞよい新年をお迎えください、クリスマスも近くなりました、早いものでもう年の暮になりました、荒涼たる冬となりました、あわただしい年の瀬を迎えて、ジングルベルがあわただしく鳴りひびく今日このごろ、師走にはいり一段と寒さが加わってきました、年の瀬も目の前にきておりますが。

付錄３：特殊扱い電報（特別處理之電報）

特別緊急情況者	至急電報	ウナ
翌晨７時以後送達者	翌日配達電報	チカ
重要信文希能傳遞正確者	照合電報	ムニ
希望他人不可見到的秘密電者	親展電報	ニカ
同一電文須傳遞同一市鎮中２人以上者	同文電報	ムヨ
須回電並預付回電費者	返信料前払電報	ナツ
以信函通知電報收到時間者	配達通知電報	ツツ
以電報通知電報收到時間者		ツニ
希傳遞到對方新遷地址或旅行地址者	再送電報	ナチ
於電信局等待回電者	発信人局待ち電報	ヤム
留置在電信局等候收信人領取者 （留置３天為限）	留置電報	ムナ
以電話傳遞電文者	電話送達電報	ムチ
傳遞至離局４km以上者	特使配達電報	マツ
傳遞至停泊在港內船舶之乘客者	艀船配達電報	ハホ

・301・

付録４：商品数量の呼び方（商品数量之單位）

（あ）

アイロン（熨斗）　１丁（いっちょう）・１個（いっこ）

小豆（あずき）（紅豆）　１キロ・１俵（いっぴょう）

雨傘（あまがさ）　１本（いっぽん）

網（あみ）　１帖（いっちょう）

あわせ（夾衣服）　１枚（いちまい）

アルバム（相簿）　１冊（いっさつ）・１帖（いっちょう）

アルミ板（いた）（鋁板）　１キロ

鮎（あゆ）（鮎魚）　１尾（いちお）・100匁（ひゃくもんめ）

（い）

家（いえ）（房子）　１戸（いっこ）・１軒（いっけん）・１棟（ひとむね）

いか（烏賊）　１杯（いっぱい）・１貫（いっかん）

椅子（いす）　１脚（いっきゃく）

板（いた）ガラス（玻璃磚）１枚（いちまい）・１箱（ひとはこ）

系（いと）（線）　１巻（ひとまき）・１掛（いちかけ）・１把（いちわ）・１ポンド（いち）

いわし（鰮）　100匁（ひゃくもんめ）・１貫（いっかん）・１皿（ひとさら）

インキ（墨水）　１瓶（ひとびん）・１（いち）ダース

印判（いんばん）（印章）　１顆（いっか）・１個（いっこ）

（う）

ウイスキー（威士忌酒）　１瓶（ひとびん）・１本（いっぽん）

うさぎ（兎子）　１匹（いっぴき）・片耳（かたみみ）・１耳（ひとみみ）(＝２匹)

牛・馬（うし・うま）　１頭（いっとう）

うちわ（團扇）　１本（いっぽん）

うどん（麵條）　１杯（いっぱい）・１把（いちわ）

うなぎ（鰻魚）　１本（いっぽん）・１匹（いっぴき）

梅干（うめぼし）（鹹梅）　100匁（ひゃくもんめ）・１荷（いっか）・１樽（ひとたる）

うり（瓜）　１本（いっぽん）・100匁（ひゃくもんめ）

（え）

エプロン（圍裙）１枚（いちまい）・１掛（ひとかけ）

えり巻（圍巾）　１本（いっぽん）

えび（蝦）　100匁（ひゃくもんめ）・１折（ひとおり）

鉛筆（えんぴつ）　１本（いっぽん）・１ダース　１ダロス（いち）（＝12ダース）

（お）

扇・扇子（おおぎ・せんす）　１本（いっぽん）・１対（いっつい）・１把（いちわ）

置物（おきもの）（陳設品）　１個（いっこ）

白粉（香粉）1個・1瓶・1箱

オートバイ（機車）1台・1輌

オーバー（大衣）1枚・1着

帯（帯子）1本・1筋

帯地（帯料）1巻

オルガン（風琴）1台

（か）

鏡（鏡子）1面

鏡もち（圓形年糕）1重

額縁（畫框）1本

掛軸（字畫）1本・1軸・1幅

・1対（2本）

傘（傘子）1本・1張

菓子（餅・糕）1個・1袋

1箱・1斤

かつお節（調味用樵）1本・1

節・1連（10本）

花瓶　1個・1瓶

かまぼこ（魚糕）1本・1枚・

1葉

紙　1枚・1帖・1締（10帖）

蚊帳　1帳・1垂・1条

瓦　1枚・1坪

罐詰（罐頭）1罐・1個

（き）

生系（生絲）1斤・1梱

機械（機器）1台・1基

絹（絲綢）1反・1匹（2反）

急須（小茶壺）1個

牛肉・豚肉（猪肉）100匁・1貫

（く）

釘（鐵釘）100匁・1樽（16貫）

薬（藥）1包・1剤・1服・1

日分・1ダラム

果物（水果）1個・1篭・1顆

クリーム（面霜）1個・1瓶

くわ（鋤頭）1丁

（け）

毛系（毛線）1オンス・1ポンド

鶏卵（鶏蛋）1個・100匁・1貫

袈裟　1枚・1領・1張

げた（木屐）1足

（こ）

鯉のぼり（鯉魚形旗）1枚

香水　1瓶

香炉（香爐）1基

紅茶・コーヒー（咖啡）1杯・1ポンド・1缶

小切手（支票）1枚・1通・1葉

小袖（棉襖）1枚・1領・1重（2枚）

琴（古琴・箏）1面・1張

碁盤（圍棋盤）1面

小麦粉（麺粉）100匁・1キロ・1袋（22キロ）

米　1合・1石・1俵・1キロ

こんにゃく（鬼芋）1丁

（さ）

サイダー（汽水）1本・1ダース・1箱

木材　1本・1締

盃（酒杯）1個・1組

酒　1合・1本・1瓶・1樽

さしみ（生魚片）1皿・1人前

雑誌　1冊・1部

砂糖　1斤・1袋（8貫）

（し）

塩　1斤・1俵

自転車（自行車）1台

自動車（汽車）1台・1輌

写真（相片）1枚・1葉

写真機（照相機）1台

シャツ（襯衫）1枚

三味線（三絃）1丁・1棹

重箱（疊層方木盒）1組・1重

障子紙（窓戸紙）1本

醤油1合・1リットル・1瓶・1本・1樽（1斗）

食卓（餐桌）1台・1脚

書籍　1冊・1部・1巻

新聞紙（報紙）1部・1枚

（す）

水筒（水壺）1本

スカート（裙子）1着

寿司　1個・1人前・1折

硯（硯台）1面

硯箱（硯盒）1箱

墨　1本・1丁

スタンド（抬燈）1台

すだれ（竹簾）1枚・1帳

スーツ（套装）1組・1揃

ズボン（褲子）　1着

| だんご（丸子）　1皿・1串 |

（せ）

石炭（煤炭）　1キロ・1口入
　　　　　　　1トン・1車

石油　1リットル・1ガロン
　　　1缶（1斗）

石けん（肥皂）　1個・1箱

背広（西裝）　1着・1揃

線香（線香）　1箱・1束

（そ）

そうめん（掛麵）　1把・1箱

草履（草展）　1足

そろばん（算盤）　1丁

（た）

大根（蘿蔔）　1本・1束

大豆　1合・1キロ・1俵（60キロ）

畳（草塾）　1枚・1畳

建具（拉門・隔扇等裝修）1枚
　　　　　　　　　1本・1面

足袋（日式布襪子）　1足

たんす（衣櫥）　1本・1棹・
　　　　　　　1重

反物（布匹）　1反・1匹

（ち）

地図（地圖）　1枚

茶（茶葉）1匁・1斤・1袋・
　　　　　1缶

茶器（茶具）　1組・1揃

茶碗（碗）　1個・1組

銚子（長把酒壺）　1本・1丁

提燈（燈籠）　1張

（つ）

机・テーブル（桌子）　1脚

佃煮（一種食品）100匁・1折
　　　　　　　　1箱

つぼ（小壺）1口・1壺・1個

（て）

手拭（毛巾）1枚・1本・1筋

手袋（手套）　1組

テレビ（電視機）　1台

手形（票據）1通・1枚・1葉

電球（燈泡）　1個

田地1坪・1畝・1平方メートル
　　　1アール

（と）

戸（門）　1枚・1本

砥石（磨刀石）　1丁

トッパー（ topper ）（婦女寛敞短外衣）　1着

銅板　1枚・1トン

豆腐　1丁

時計（時鐘）　1個

トランプ（蒲克牌）　1組

丼（深底厚磁大碗）　1個

（な）

ナイフ（小刀）　1丁・1本

長特（長方形衣箱）1棹・1枝
　　　（2棹）

鍋　1個

なわ（縄子）　1束・1把

（に）

荷車（貨車）　1台・1輌

にわとり（鶏）　1羽・1番

人形（洋娃娃）　1個・1組

（ぬ）

縫針（縫紉針）　1本・1包

（ね）

ネクタイ（領帶）　1本・1掛

寝巻（睡衣）　1枚

ネル（法蘭絨）1尺・1ヤール

（の）

のこぎり（鋸子）　1丁・1本

ノート（筆記簿）　1冊

のり（紫菜・海苔）1帖（10枚）
　　　1箱・1缶

（は）

羽織（短和服）　1枚・1領

袴（裙子）　1腰・1枚

はかり（稱秤）　1台

はさみ（剪刀）　1丁

箸（筷子）　1膳・1束

旗（旗子）　1枚・1本

ハンカチ（手帕）1枚・1ダース

（ひ）

ピアノ（鋼琴）　1台

火箸（火筷子）　1対

火鉢（火盆）　1個・1対

屏風　1枚・1帖・1双

ビール（啤酒）1本・1ダース
　　　1樽

便箋（信紙）　　1冊・1帖

（ふ）

袱紗（方綢巾）　　1枚

ふすま（槅扇）　　1枚・1領

筆（毛筆）　　1本・1管

ふとん（棉被）1枚・1組・1重

ふろしき（包袱巾）1枚・1筋

（へ）

ペン（鋼筆）　1本・1ダース

ペン先（鋼筆尖）　1本・1箱

（ほ）

ほうき（掃把）　　1本

帽子　　1個・1ダース

包丁（菜刀）1丁・1枚・1柄

盆（盤子）　　1枚・1組

盆栽（花盆）　　1鉢

本箱（書架）　　1個

（ま）

前掛け（圍裙）　　1枚

巻紙（成巻的信紙）1本

枕（枕頭）　　1個・1基

丸帯（廣幅的筒狀帯）　1本・
　　　　　　　　　　　1筋

（み）

みかん（橘子）　100匁・1箱

みそ（豆醬）　100匁・1樽

ミキサー（果汁機）1台

水あめ（糖稀）　　1壺・1缶

美濃紙　　1枚・1帖（48枚）

（む）

麦（麥）　1升・1キロ・1俵

むしろ（草蓆）　　1枚

（め）

眼鏡　　1個

棉花　　1俵

（も）

木炭　　1貫・1俵

ものさし（尺）　　1本

ももひき日式細筒褲）　1足

（や）

やかん（水壺）　　1個

夜具地（被褥料）　1匹

（ゆ）

湯のみ（茶碗）　　1個

指輪（戒子）　　1個

（よ）

羊かん（羊羹）　　　1本・1箱

洋紙（西洋紙）1枚・1連（500枚）

楊枝（牙籤）　　　　1把

（ら）

ラジオ（收音機）　1台・1組

　　　　　　　　1セット

らしゃ（呢絨）1ヤール・1着分

ラムネ（檸檬汽水）1本・1箱

（り）

硫安（硫銨肥料）　1貫・1叺

　　　　　　　（=10貫）

料理（菜）　　　　1人前

りんご（蘋果）　　1個・1箱

（れ）

レコード（唱片）　1枚

レール（鐵軌・鋼軌）　1本

（ろ）

ろうそく（蠟燭）　1本・1箱

（わ）

綿（棉花）　1枚・1貫・1締

和服　　　1枚・1重・1領

付録５：日本度量衡換算一覧表

にほんどりょうこうかんざんいちらんひょう

1. 長度

公　尺（メートル）	公　里（キロメートル）	日　尺（台尺）
1	0.001	3.3
1000	1	3300
0.303030	0.00030303	1

註：1尺＝10寸＝100分
1里＝36町、1町＝60間、1間＝6尺

2. 地積

公畝(アール)	公頃(ヘクタール)	日坪(台坪)	日　畝	台　灣　甲
1	0.01	30.25	1.008333	0.01031016
100	1	3025	100.83338	1.0310157
0.03305785	0.00033058	1	0.03333333	0.00034083
0.99173554	0.00991736	30	1	0.01022495
96.991735	0.96991735	2934	97.8	1

註：1日坪＝36平方日尺（卽二個榻榻米的面積）

3. 容量

公升(リットル)	公石(ヘクトリットル)	日　升	日石(台石)
1	0.01	0.55435235	0.00554352
100	1	0.00554352	0.55435235
1.8039068	0.01803907	1	0.01
180.39068	1.8039068	100	1

註：1石＝10斗＝100升＝180.5公升
1升＝10合＝100勺＝　1.805公升

4. 重量

公斤(チログラム)	公噸(トル)	日斤(台斤)	日　　　貫
1	0.001	1.6666667	0.2666667
1000	1	1666.6667	266.66667
0.6	0.0006	1	0.16
3.75	0.00375	6.25	1

註：1貫＝1,000匁、1斤＝160匁、1匁＝3.75公克

※請各位注意與台灣民間之度量衡相同之地方。

付録6：日本某商社組織図（Company Organization Chart）

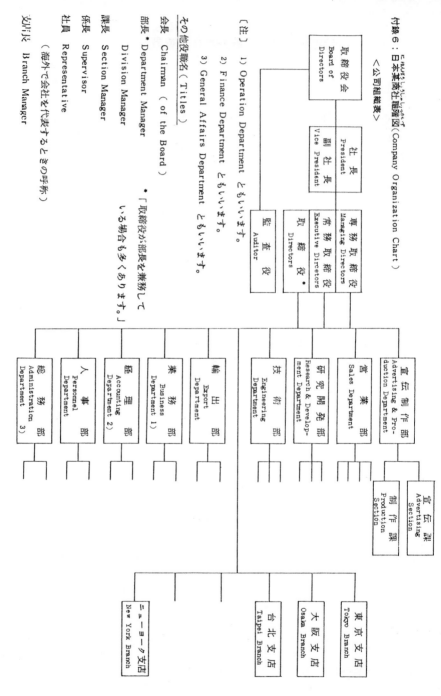

〈公司組織表〉

取締役会 Board of Directors
社長 President
副社長 Vice President
専務取締役 Managing Directors
常務取締役 Executive Directors
取締役* Directors
監査役 Auditor

宣伝制作部 Advertising & Production Department
営業部 Sales Department
研究開発部 Research & Development Department
技術部 Engineering Department
輸出部 Export Department
業務部 Business Department 1
経理部 Accounting Department 2
人事部 Personnel Department
総務部 Administration Department 3

宣伝課 Advertising Section
制作課 Production Section

東京支店 Tokyo Branch
大阪支店 Osaka Branch
台北支店 Taipei Branch
ニューヨーク支店 New York Branch

〔註〕　1) Operation Department ともいいます。
　　　　2) Finance Department ともいいます。
　　　　3) General Affairs Department ともいいます。

その他役職名（Titles）
会長　Chairman（of the Board）
部長*　Department Manager
　　　　Division Manager
課長　Section Manager
係長　Supervisor
社員　Representative
（海外で会社を代表するときの呼称）
辦事処　Branch Manager

*「取締役が部長を兼務して
いる場合も多くあります。」

しょうかいじょう
☆ 照会状

☆案内状・挨拶状

☆謝礼状

☆ <ruby>交渉状<rt>こうしょうじょう</rt></ruby>

參考文獻

I 資料：

　　最近三年份，對日貿易來往書信：山一企業股份有限公司　提供

II 中・日文書籍：

　1. 須永一郎著：ビジネスレターの書き方（経林書房）

　2. Practical Business English Correspondence （Kaibundo ）

　　　　　Ed by Yoshio Saito ＆ I taru Nagano

　3. 李雄和編譯：最新英美商業書信（ 五南圖書出版公司 ）

　4. 方志祿編著：商用日文（ 文笙書局 ）

　5. 蔡茂豐編著：現代日語文的句法（ 文笙書局 ）

　6. 蔡茂豐編著：最新標準日本口語文法（ 大新書局 ）

　7. 矢野義憲編著：最新日文商業書信（ 文笙書局 ）

　8. 新倉孝治菊地宗俊共著：實例による商業文の書き方（ 有紀書房 ）

　9. 施覺先編著：貿易實務與英日文商業書信（ 水牛出版社 ）

　10. 今田辰男著：實用商業通信文（ 中央經濟社 ）

　11. 土屋長村著：商用手紙の書き方（ 金園社 ）

　12. 蔡茂豐著：日文書信寫作法（ 水牛出版社 ）

III 辭典

　1. 藤田仁太郎編：英和商工辞典（ 研究社 ）

　2. コンサイス外来語辞典（ 三省堂 ）

　3. 綜合日華大辞典（ 大新書局 ）

　4. 梁實秋主編：最新實用英漢辭典增訂本（ 遠東圖書公司 ）

著　者　　劉　國　樞

　　　　　民國12年生

　　　　　台灣省嘉義人

　　　　　日本早稻田大學商學部畢業

　　　　　曾服務於中日貿易工作

　　　　　曾任：私立大同商專講師

　　　　　　　　國立成功大學附設空中商專兼任講師

　　　　　現任：東吳大學

　　　　　著作：現代貿易日文（增補版）

　　　　　　　　現代推銷日文

現代貿易日文

定價：250元

增補初版中華民國七十七年八月
本版中華民國八十五年十月
本出版社經行政院新聞局核准登記
登記證字號：局版臺業字1292號

編　　　　著：劉國樵
發　行　人：黃成業
發　行　所：鴻儒堂出版社
地　　　址：台北市中正區100開封街一段19號二樓
電　　　話：三一一三八一〇・三一二〇五六九
電話傳眞機：〇二～三六一二三三四
郵政劃撥：〇一五五三〇〇～一號

本書凡有缺頁、倒裝者，請逕向本社調換